W0340136

ER HATTE INZWISCHEN viel Zeit bekommen, um über sein Leben nachzudenken. Um ferne Pläne zu schmieden. Und sich zu erinnern.

Da war die älteste Schwester seiner Mutter. Sie wohnte nur ein paar Häuser weiter, damals. Die beiden saßen oft zusammen, abends, wenn die Arbeit getan war. Die Arbeit bei dem Bauern. Auf seinem Hof und seinen Äckern. Das Notwendige in der eigenen Familie. Es war tröstlich, wenn man über die Beschwernisse des Alltages mit jemand reden konnte.

„Es geschieht mit dir!“, behauptete Tante Milena. Er sah sie noch nach Jahren vor sich, wie sie überzeugt mit dem Kopf nickte. „Du kannst dich plagen, kannst hoffen. Aber du entgehst deinem Schicksal nicht. Es vergisst keinen.“

Sie starb, kaum vierzig Jahre alt, an einer kleinen Wunde, die sie sich bei der Arbeit zugefügt und die eine Blutvergiftung ausgelöst hatte. Damals starb man dort daran.

Er war noch nicht alt genug, sich zu fragen, warum Milena das Schicksal für grausam und unabänderlich hielt. Oder ihre Überzeugung etwa infrage zu stellen. Aber er erinnerte sich oft daran.

Er erinnerte sich daran, als seine Mutter die notwendigen Dinge für die Trauerfeier ordnete, mit zum Himmel gewandtem Blick sich bekreuzigte und ein um das andere Mal murmelte: „Sie hat es gewusst.“ Das rückte plötzlich die Überzeugung Milenas für den Jungen in die Nähe des Wissens über göttliche Planung. Sie lebten nach der katholischen Glaubenslehre, gingen sonntags in die Kirche und beteten um gnädige Nachsicht für ihre Sünden.

Irgendwann kam ein Mann. Er bot den jungen Männern im Dorf an, ein Anderer zu werden. Man werde ins Ausland geschickt, habe sein Auskommen und müsse dort Aufträge erfüllen. Ein Anderer werden? Er erinnerte sich an Tante Milena. Entginge er dann nicht auch dem bereits für ihn vorbestimmten Schicksal? Er verließ sein Dorf. Viele Jahre später würde er sich an Milenas Worte schmerzlich erinnern.

Seine Ausbildung dauerte lange und war hart. Vieles von dem, was sie ihm sagten, hatte er in seine alltäglichen Abläufe aufgenommen. Auch dieses:

„Achtet auf Kleinigkeiten“, hatte einer der Lehrer, mit wenigen grauen Haaren und einem Aussehen, das nicht auf sein Alter schließen ließ, ihnen eingeschärft. „Sie machen aus einem Risiko deine Sicherheit. Sie machen aus einer Möglichkeit den Erfolg.“ Er hatte nicht über negative Folgen der Unachtsamkeit gesprochen. Umsicht und Gründlichkeit wurden zur Voraussetzung für den Erfolg.

Er hatte es doch gewusst! Er hatte stets auf Kleinigkeiten, auf Nebensächlichkeiten geachtet. Seine Umsicht hatte es ihm leicht gemacht, erfolgreich zu arbeiten.

Warum hatte er es dieses eine Mal unterschätzt? War es die Erwartung gewesen, in seine Heimat zurückkehren zu dürfen? War es das Versprechen gewesen, dieses ihn nicht mehr befriedigende Abwarten beenden zu dürfen? Die Vorfreude auf ein freies Leben in finanzieller Unabhängigkeit? Wegen einer solchen Kleinigkeit zerbrachen seine Träume, als er sich schon am Ziel sah. Wegen eines Knopfes! Wegen eines lächerlichen Jackenknopfes! Dessen goldenes Glitzern seine Aufmerksamkeit geweckt hatte. Ihm sagte, das bliebe ihm als Erinnerung an seine Befreiung. An den Start in ein neues Leben. An das Lösen aus den notwendig gewesenen, unbefriedigend gewordenen Umständen. Er steckte den Knopf nicht wegen seines trügerischen Anscheines, wegen eines denkbaren Wertes ein, sondern als Erinnerung an den Moment, an die wenigen Sekunden, in denen sich sein Leben änderte. Aus Eitelkeit.

War an Tante Milenas Überzeugung doch etwas Wahres?

2
Der Tote im Deich

ES WAR SONNTAGNACHMITTAG und es regnete. Ein heftiger Nordwest brachte arktische Kaltluft über die Nordsee und zwang die warme Luft über dem Festland, ihre Feuchtigkeit abzugeben. Kurz: Es war nass, kalt und stürmisch.

Womit hätte er sich trösten sollen? ‚Mai-Regen bringt Segen!', behauptete sein Großvater immer, er kam aus der Landwirtschaft, oben auf der Geest, da war man für jeden Regen dankbar. Oder: ‚Nach den Eisheiligen wird es wärmer!' Pankratius, Servatius, Bonifatius und die Kalte Sophie; in der evangelischen Familie seiner Eltern hatte man es nicht so mit den Heiligen, aber diese Vier kannte er. Kalte Sophie, das war am sechzehnten Mai, schon letzte Woche, und es war immer noch kalt. Hatte sich der Kalender verschoben, ohne dass es aufgefallen war? Siebenschläfer am siebenundzwanzigsten Juni war in den letzten Jahren auch nicht mehr so zuverlässig mit dem versprochenen Wetter umgegangen!

Und dann acht Windstärken aus Nordwest, schon seit gestern Nachmittag! Hätte es Hochwasser-Alarm gegeben und wären alle Kräfte zur Sicherung der Baustelle im Deich gerufen worden, es hätte ihn weniger erstaunt. Er sah zur Wasserlinie hinab. Etwa bei zweimeterfünfzig über Normalhochwasser, so schätzte er, hatte man vorsorglich eine Barrikade mit Sandsäcken aufgeschichtet. Jetzt spülten die Wellen nur über den deutlich niedriger liegenden Fahrweg mit der Teerdecke, der hinter der Steinschüttung der unteren Uferbefestigung entlangführte.

Aber zum Schutz vor Hochwasser hätte man ihn nicht gerufen. Sie hatten ihn gerufen, weil ein Toter in der Baugrube lag. Hans Jensen war Hauptkommissar in der Kriminal-

polizeistelle Heide und hatte zum ersten Mal seit Wochen ein freies Wochenende. Er war vierunddreißig Jahre alt und freute sich oft im Stillen über die Schnelligkeit, mit der er den Aufstieg zum Hauptkommissar geschafft hatte. ‚Leistungsprinzip', dachte er dann. Andere brauchten dafür mindestens fünf Jahre mehr. Aber er nahm seine Aufgabe ernst, war ehrgeizig, wollte noch weiter hinauf, zumindest in die Leitung der Polizeidirektion, vielleicht sogar als Lehrer an die Fachhochschule. Aber dafür musste er weiter lernen, nicht nur öffentliches und Strafrecht, man brauchte Psychologie, eine Menge Sozialkunde, ein bisschen Philosophie. Er studierte neben seinem Alltag in Beruf und Privatleben im vierten Semester an der Fernuniversität Hagen. Wenn er sich auch für jedes Semester sein Programm selbst erstellte, also kein Regelstudium absolvierte, das nach bestimmten Abläufen Zwischenprüfungen und zum Schluss ein Examen forderte, so waren sein Eifer und Ehrgeiz deshalb nicht geringer.
Hans Jensen war groß. Kam er über seine Größe in ein Gespräch, so sagte er stets, es seien „ohne Socken gemessen" eins zweiundachtzig. Sah sein Gesprächspartner ihn dann wegen des unerwarteten Ausbruches von Humor fragend an, behauptete er mit dem ernstesten Gesicht, dessen er fähig war, er benötige auch jeden der vielen Zentimeter, um sein Gewicht unterzubringen. Er wog über die Jahre hinweg fünfundachtzig Kilo, im Sommer mal kurze Zeit eines weniger, nach Weihnachten dafür zwei mehr. Als er, in Hemmingstedt geboren, das Werner-Heisenberg-Gymnasium in Heide besuchte, war er ein guter Sportler, in den Disziplinen, die Kraft erforderten: Kugelstoßen, Diskuswerfen, Fußball, Schwimmen. Während der dreijährigen Ausbildung für den gehobenen Polizeidienst an der Fachhochschule in Kiel ging ihm die Zeit hierfür verloren. Er beschränkte sich von da an auf Laufen, möglichst nicht auf

Straßen oder Stadionbahnen. An zwei Abenden in der Woche war er für gut eine Stunde unterwegs, meistens auf den Feldwegen im Umland der Stadt. So konnte er sein Gewicht unter Kontrolle behalten.
Er trug aus Bequemlichkeit seine von Natur aus krausen blonden Haare kurz und ohne Scheitel. Er kleidete sich sportlich-leger, dem jeweiligen Zweck entsprechend. Niemand hätte ihn eitel genannt. Dafür nannten sie ihn einen „Streber“, und das war nicht wohlwollend gemeint. Er hatte sich den Makel schnell verdient, als er sich während des Studiums hinter den Lehrbüchern vergrub und die Geselligkeiten in der abendlichen Stadt mied. Es dauerte nicht lange, bis das Wort auch durch die Büros der Polizeistelle Heide huschte: er sei nicht ernsthaft, sondern verbissen; im Team sei er dickköpfig und stur; immer habe er schon eine Meinung, die ihn ungeduldig werden lasse; er sei nicht strebsam, sondern „ein Streber“. Aber die Polizeileitung schätzte sein verbissenes Arbeiten und seine Erfolge und sie mussten sich arrangieren.
Im Team diskutierten sie hart mit ihm, und manchmal vergaß er, dass er so mit Bärbel, seiner Freundin, seiner Partnerin, mit der er seit ein paar Monaten ein Ein-Familien-Haus bewohnte, nicht umgehen könne. Bärbel wusste, dass er sich manchmal wie ein Macho aufführen musste. Zu Beginn ihrer gemeinsamen Zeit gefiel ihr seine Selbstsicherheit, seine bestimmende Art. Und wenn mit der Zeit seine Antworten ihr einmal wehtaten, wusste sie inzwischen, ihn zu einem Eingeständnis, zu einer Entschuldigung zu bringen.
Er hatte sich viel vorgenommen, für das freie Wochenende. Vormittags waren gemeinsam mit seiner Freundin Bärbel Einkäufe zu erledigen, lange von einem Tag auf den anderen verschoben.

Bärbel Braack aus Büsum. Sie hatten sich vor Jahren an einem Rosenmontag in Marne kennengelernt. Hans Jensen war in einem Präventionsteam eingesetzt worden, das Jugendliche vor zu heftigem Alkoholgenuss bewahren sollte. Bärbel lief im Rosenmontagszug mit einer Gruppe, in der Büsumer Narren Märchenfiguren mit politischen Themen verbanden. Sie stellte Kanzlerin Merkel als Rapunzel dar, mit einer Haarpracht, die von sieben Zwergen hinter ihr hergetragen werden musste. Nach dem Umzug half Hans, die „Perücke" in einen Pkw zu laden. So wurden sie auf einander aufmerksam und ließen sich nicht mehr aus den Augen. Sie verliebten sich, merkten bald, dass sie nie mehr auf den Anderen verzichten wollten. Sie suchten sich eine gemeinsame Wohnung, im Obergeschoss eines der schönen alten Gebäude im Loher Weg.

Seit dem vergangenen Herbst wohnten sie in einem eigenen Ein-Familien-Haus, am Langendamm im Osten der Stadt gelegen, mit kleinem Garten mit Sitzecke, Rasen und Blumenbeet. Dafür waren Besorgungen zu machen. Der gesamte Nachmittag wäre notwendig, dem Garten zu geben, was der Frühling erforderte, wäre das Wetter nicht so unfreundlich gewesen. So blieb ihnen genug Zeit, sich im Gartenmarkt zu informieren und auszuwählen. Am Abend saß er dann über seinen Lehrbüchern, recherchierte im Internet und versuchte, Material zu einem Thema zu finden und zu ordnen. Das konnte er am besten, wenn der Abend Dunkelheit über das Land schickte, wenn keine Blicke aus dem Fenster die Konzentration störten. Bärbel hatte gemurrt, sie wollte endlich mal wieder ins Kino, zumal gerade ‚Titanic' in 3D lief, und er musste, um den Frieden in der kleinen Familie zu erhalten, versprechen, dafür am folgenden Nachmittag mit hinaus zu ihren Eltern zu fahren. Es war spät geworden, aber er war mit den Ergebnissen seiner Nachtarbeit zufrieden.

Als sie schließlich bei ihrem Frühstück saßen, einem sehr späten Frühstück, eher schon einem Brunch, mit knusprig gebratenem Speck, Rührei und starkem Kaffee, klingelte das Telefon. Der Wachhabende in der Bereitschaft teilte ihm mit, dass in Oldenhusen eine Leiche gefunden worden sei, heute Morgen, in der Deichbaustelle, und dass die Kollegen von der Polizeistation ihn dort erwarten würden. Die Ursache sei noch unbekannt, keine Hinweise auf Fremdverschulden, deshalb komme niemand von der Mordkommission in Itzehoe.
Nun stand er hier, auf der Deichkrone, am hölzernen Geländer neben dem provisorischen Treppenabgang, die Kapuze seiner Wetterjacke als Schutz gegen Wind und Regen hochgeschlagen, Gummistiefel an den Füßen, und blickte hinab in die Baugrube. Es war schon der neue Deich, der die Bucht abschließen und dadurch die Deichlinie hier erheblich verkürzen würde, mit einer tiefen Baugrube für das Schöpfwerk und die kleine Schleuse. Eine Spundwand verhinderte das Herabstürzen des erst wenig verdichteten Bodens im Deichkörper. Pfähle waren gerammt worden, über dreißig Meter tief bis auf die tragenden Sandschichten. Dann hatten sie begonnen, Fundamente zu gießen, mächtige Fundamente für den Freilauf und die Schleusenkammer, den Treibgutrechen und das darüber stehende Gebäude mit der Pumpenhalle. Zwischen den Betonmauern der Fundamente lag ein Körper: Bauchlage, halb eingesunken im Morast, bekleidet mit einer blauen Jeans und einer Jacke aus demselben Material, beides durch Nässe und Blut dunkel verfärbt, ein Bein unnatürlich abgewinkelt an eine Mauer gelehnt, unübersehbar Blut auf der ihn umgebenden Pfütze.
„Polizeimeister Meier vom hiesigen Revier", stellte sich ein Uniformierter vor. „Guten Tag, Herr Jensen. Üble Sache, das hier! Und dann auch noch an einem Sonntagmor-

gen!“ Er wies in die Baugrube. „Hatten wir lange nicht mehr im Bereich. Der letzte Tote war ein Fischer, vor drei Jahren, hing draußen an einem Stack.“

„Hallo Herr Meier! Wir kennen uns. Ja, man kann es sich nicht aussuchen. Wer hat ihn denn gefunden?“

„Der Polier, Holdorf, sitzt mit einem Kollegen im Baubüro. War wohl ein Schock für ihn.“

„Was wollte Holdorf denn auf der Baustelle? Heute ist Sonntag.“

„Arbeiten. Seine Leute wollten heute noch die Schalung machen, um gleich morgen die Sohlplatte betonieren zu können. Die haben ganz enge Termine vereinbart, Ende Oktober muss der Deich geschlossen sein.“

„Schöne Überraschung. Wann war das?“

Polizeimeister Meier fasste zusammen: „Meldung über die Leitstelle zehn Uhr vierzig. Ich war mit dem Streifenwagen auf der Geest, deshalb konnte ich erst um elf fünfzehn hier sein. Ich fand Holdorf, der dort auf der Holztreppe saß, völlig vom Regen durchnässt. Bin nicht runter gegangen, sieht man ja von oben aus, dass der Mann tot ist. Um elf fünfunddreißig habe ich Alarm gegeben, Sie sehen ja, ein gutes Stück vom Parkplatz aus zu laufen, und das bei diesem Wetter, das ging nicht schneller. Notarzt und Spurensicherung angefordert, die traf um zwölf fünfundvierzig ein, ist unten bei der Arbeit. Keine verdächtigen Personen, keine Fahndung.“

„Sie waren also der Erste hier. Irgendein Gefühl, Meier? Etwas Auffälliges?“

„Ich war der Zweite, Herr Jensen, ich sagte ja schon: der Polier, Holdorf. Nein, Auffälliges habe ich nicht gesehen. Bei dem Sturm und Regen bleiben ja auch keine Fußspuren im Gras auf dem Deich.“

Jensen sah nachdenklich in die Baugrube hinab, in der sich vier Personen um den Toten drängten. „Wir sind doch nicht mehr im Mittelalter!“, murmelte er vor sich hin.
Meier sah ihn fragend von der Seite an: „Ahh, Sie haben ihn wohl auch gelesen: Theodor Storm, ‚Schimmelreiter‘: ‚Etwas Lebiges muss in den neuen Deich!‘“ Er schwieg, wartete auf eine Antwort, hatte er Jensen richtig verstanden?
„Liest doch jeder hier, an der Küste.“
Meier freute sich. Er konnte mal wieder Punkte sammeln mit seinem Wissen: „Ja, früher haben sie etwas Lebendiges im Deich eingegraben, nach ihrem Aberglauben dachten die Menschen, der Deich würde dadurch länger halten.“
Jensen sah Meier an. Das war eine beliebte Geschichte im Unterricht an der Polizeischule, wenn es um die Wandlung des Unrechtbewusstseins im Laufe der Zeiten ging: „Sie haben anfangs ein Kind dafür genommen. Wenn es ging, haben sie das einer durchziehenden Familie abgekauft. Lebendig eingegraben! Als die Menschen das mit einem Kind nicht mehr wollten, haben sie Tiere genommen: ein Kalb, einen Hund. Aber nie eine Katze. Eine Katze half nichts, die hätte das Unglück nur angezogen.“
„Konnte doch gar nicht helfen! Dass die Menschen das geglaubt haben …!“ Meier schüttelte den Kopf. „Heute unvorstellbar.“
Jensen nickte wieder, bedächtig, ernsthaft: „Und nun liegt da unten jemand!“ Er seufzte, wandte sich der Treppe zu. „Dann gehe ich mal zu den Spurensuchern.“
Die Männer in der Baugrube hatten inzwischen den im Morast liegenden Körper angehoben, auf den Rücken gedreht und auf den Brettern abgelegt. Mit einem schlürfenden Geräusch hob Jensen seine Füße aus dem aufgeweich-

ten Boden, dessen dünne Grasdecke noch nicht viel Halt gab.
Die Beamten der Spurensicherung hatten zunächst die Holztreppe, die in die Baugrube führte, auf Spuren untersucht, dann den Boden der Grube und schließlich den leblosen Körper von allen Seiten fotografiert. Für den Notarzt hatten sie Bretter ausgelegt, sodass er sich dem Toten nähern konnte, ohne in dem nassen, morastigen Boden einzusinken. Jensen schätzte mit einem schnellen Blick die Größe des Verunglückten auf hundertachtzig Zentimeter und das Gewicht der schlanken Gestalt auf fünfundsiebzig Kilogramm.
Jensen blieb auf einem der Fundamente stehen und sah sich um. „Moin!“, grüßte er die mit ihrer traurigen Arbeit Beschäftigten, mit dem zu jeder Tageszeit passenden Gruß der Einheimischen.
„Moin moin Jensen!“ Klaus Hosse, Leiter der Spurensicherung, sah von der Arbeit des Notarztes auf und wandte sich zu dem Hinzugekommenen. „Scheint unglücklich gelaufen zu sein. Sieht mir nach einem Unfall aus. Kein Wunder bei dem Wetter.“
„Habt Ihr etwas gefunden?“
„Nein, nichts Ungewöhnliches.“
„Und wer ist das?“
„Das wissen wir noch nicht. Wir sind an seine Taschen noch nicht herangekommen.“
Der Notarzt hatte mit destilliertem Wasser aus einer Sprühflasche das Gesicht des Toten abgespült. Sie sahen das glatte Gesicht eines wahrscheinlich Mitte-Dreißig-Jährigen mit einem von kräftigem Bartwuchs gedunkelten energischen Kinn. Über dessen kantiger Stirn klaffte zwischen kurzen dunklen Haaren eine breite, tiefe Wunde mit zerfaserten Rändern und hellem Untergrund, wobei noch nicht zu erkennen war, ob es Schädelknochen oder Hirn-

masse war. „Dr. Hufner, Klinikum Heide“, stellte er sich vor. „Schwerste Schädelfraktur, dürfte sofort tot gewesen sein. Kann man aber erst nach der Autopsie sagen. Ist vielleicht auch erst in dem Matsch erstickt oder ertrunken. Frakturen in beiden Beinen. Dort sieht man noch die Aufprallstellen.“ Er wies auf verwaschene Flecken auf den Kanten zweier gegenüberliegender Fundamentmauern hin. „Körpertemperatur nicht mehr vorhanden, das heißt seit mehreren Stunden tot. Wie lange muss man erst berechnen, Sie verstehen: der Regen. Ich schätze so um zwölf Stunden, plus minus zwei.“

„Danke. Wann habe ich Ihren Bericht?“

Dr. Hufner blickte nur kurz auf: „Gestern, Herr Jensen, gestern. Wäre gestern Morgen früh genug?“

„Ja, danke, Herr Dr. Hufner! Gestern Morgen würde mir sehr gut passen!“ Jensen stieg vorsichtig die von Regen und Matsch schlüpfrige Holztreppe hinauf. Jetzt würde er zunächst mit Holdorf reden.

3
Wer nie will dieken, ...

DIE BEWOHNER DES Landstriches an der Küste waren an Sturmfluten gewöhnt. Dabei hatte es über die Jahrhunderte schon katastrophale Verluste gegeben, wie etwa im Januar 1362, als bei der ‚Groten Mandrenke' große Gebiete und mit ihnen das nordfriesische Rungholt verloren gingen. 1717 riss eine Sturmflut einen Koog, diesen Koog, auf, der mit allem lebenden und toten Inventar überspült wurde und erst nach knapp fünfzig Jahren wieder zurückgewonnen werden konnte. 1962 zog eine Sturmflut über die Küste mit schweren Schäden in den Niederlanden und im Mündungstrichter der Elbe bis in Stadtteile Hamburgs hinein. Trotz aller Gewöhnung war die Angst um Leben und Besitz tief in ihnen verwurzelt.
Die Regierung sah sich veranlasst, einen ‚Generalplan für den Küstenschutz' zu erstellen. Aber seine Verwirklichung, die Erhöhung und Verstärkung der Seedeiche, schritt nur langsam voran. Bis 1976 die nächste schwere Sturmflut auflief, mit noch höheren Wasserständen als 1962 und mit Überflutungen auch im Raum Oldenhusen. „Die zeitlichen Abstände werden kürzer und die Wasserstände immer höher!", fasste eine regionale Tageszeitung mahnend die Erwartungen zusammen. Noch wollte niemand so recht daran glauben, dass es auch Folgen der Klimaveränderung wären, besonders des Anstieges des Meeresspiegels, die sich in den nächsten Jahrzehnten dramatisch zuspitzen würden. Dann hätte man ja auch das eigene Verhalten ändern müssen.
Die Oldenhusener wurden ungeduldig. In dem Gebiet, das durch einen Deichbruch gefährdet würde, lebten etwa zehntausend Einwohner. Sie verlangten, dass der Staat endlich nun auch ihr Eigentum gegen die Flut sichere.

Schließlich zahle man seine Steuern pünktlich, habe geduldig bei den Maßnahmen in anderen Küstenabschnitten abgewartet, jetzt verlange man nach seinem Recht! Es müsse nun endlich weitergehen. Man könne sonst auch anders reagieren, bei der nächsten Wahl anders als bisher abstimmen!

Der ‚Generalplan für den Küstenschutz' wurde noch einmal überarbeitet. Abschnitte der Deiche, die noch nicht verstärkt worden waren, erhielten Vorrang: eine größere Höhe, ein flacheres Profil, zusätzliches Geld wurde zur Verfügung gestellt.

Der schwierigste Abschnitt war der alte Deich in Oldenhusen. Das Hochwasser bliebe nicht respektvoll vor der Lücke zwischen den landauf und landab bereits nach den neuen Erkenntnissen hergerichteten Deichstrecken stehen, würde es nur wenig höher als 1976 auflaufen. Es fehlten knapp zwei Meter an der neu errechneten schützenden Höhe. Und diese war hier besonders wichtig, denn es gab keine zweite Deichlinie zur Stadt hin: Wäre die Flut über das alte Hindernis gespült, so gäbe es kein Halten mehr!

Aber in Oldenhusen prallten die unterschiedlichen Interessen mit existenzieller Wucht aufeinander.

Auf dem Deich standen eine Reihe Wohnhäuser und ein Ausflugslokal. Es war eine historisch gewachsene Situation. Während die Bauern auch schon früher über das Geld und die Arbeitskräfte verfügten, sich für ihre Häuser Wurten aufhäufen zu lassen, künstliche Hügel als Bauplatz und zum Schutz vor Hochwasser für Familie, Vieh, Besitz und Ernte, konnten die Ärmsten, die Knechte und Landarbeiter, Witwen und Alte, sich diesen Schutz nicht schaffen. Ihnen erlaubte man, ihre Katen auf den Deich zu stellen und Viele zogen den Wasserschutz auf der Höhe des Deiches dem Zugriff des Sturmes vor. In dem Priel, von dem letzten großen Deichbruch 1717 geschaffen, legten Boote an, die Vorräte und Baumaterial in die Stadt brachten und mit landwirtschaftlichen Erzeugnissen zurückfuhren. Mit der Verbesserung der Verkehrswege zu Lande ging der Hafenumschlag zurück und machte Platz für Sportboote. Das Ausflugslokal entstand, mit gepflegter Küche, einem für seine Zeit ansehnlichen Kinosaal und mit Zimmern für die Unterbringung von Gästen. Das Haus war beliebt, nicht zuletzt wegen der Aussicht über den Bootshafen und den Fluss in die Ferne.

Mit den Jahren wandelte sich die Struktur der Deichbewohner. Die Aussicht über Land und See von dem wenige Meter höheren Wohnplatz aus machte die Häuser attraktiv. Wer genug Geld hatte, kaufte ein Haus auf dem Deich, sanierte, erneuerte und baute es aus. Jagte dann ein Sturm von der See und über den Fluss heran und ließ die Flut am Deich hinaufsteigen, dann konnte es passieren, dass Freunde anriefen und fragten, ob sie zum Kaffee-Besuch kommen dürften, um auch dem tosenden Wetter zuschauen zu können.

Diese Eigentümer waren natürlich nicht bereit, ihre Häuser aufzugeben, an den Staat oder den Deichverband zu verkaufen, damit der Hochwasserschutz für die Stadt endlich verbessert werden könne. Einer der Hausbesitzer, ein Belesener, machte sich zum Sprecher für alle: „Wir leben in einem freien Land, und wir haben uns entschieden, dort zu wohnen." „Aber ihr wohnt auf dem Deich!", hatte jemand gewagt einzuwenden, „Der Deich wird doch für den Hochwasserschutz benötigt." „Die Häuser sind unser Eigentum und der Staat muss unser Eigentum schützen." Nein, der Staat müsse schon eine andere Lösung für das Problem finden, aber nicht hinter ihren Häusern, dann blieben sie schutzlos, auch nicht vor ihnen, dann ginge ja die Aussicht verloren. Aber es müsse nun endlich schnell etwas geschehen! Die Menschen im Dorf aber waren unschlüssig. Sie forderten den Schutz vor der Flut, wollten aber den Freunden in den Häusern auf dem Deich auch nicht schaden, zu viel Kritik an deren Verhalten hätte man ihnen als Neid ausgelegt. Also griffen sie zu dem üblichen Mittel: Sie kritisierten die ‚seit Jahren beklagte Untätigkeit des Staates‘, dem es mit seinen vielen, hoch bezahlten Fachleuten und Politikern nicht gelinge, eine dringend notwendige und akzeptable Lösung vorzuschlagen. Und sie fanden auch ein Opfer, auf das sie in ihrem Zorn mit Unverständnis zeigen konnten.

Der Eigentümer der Gaststätte war ein Fremder. Er hatte den Betrieb vor zehn Jahren gekauft und viel geliehenes Geld investiert, um den Hafen mit der Attraktivität des Ausflugslokales zu ergänzen: eine große Terrasse mit Wintergarten gegen das in der Übergangszeit oft raue Wetter, ein kleiner Spielplatz für die Kinder der Besucher und ein großer Parkplatz am Fuße des Deiches. Viele Bewohner der Stadt kamen zum Stammtisch, feierten dort ihre Familien- und Vereinsfeste, Klassen der Schule kehrten bei ihren Wandertagen regelmäßig bei ihm ein, oft kamen Besucher mit Omnibussen, um die schöne Aussicht zu genießen und durch das idyllische Oldenhusen zu wandern. „Was soll ich denn tun?“, hatte der Gastwirt in einer öffentlichen Versammlung in dem großen Saal mitten im Ort gefragt. „Das auf dem Deich ist mein Leben! Das ist alles, was ich habe! Ich habe meine Schulden noch nicht abgetragen. Ihr seid doch immer gerne zu mir gekommen!“

„Und wie soll das deiner Meinung nach weitergehen?“, fragte der Versammlungsleiter. „Hast du den Planern denn schon Vorschläge gemacht?“

„Weil der neue Deich die Aussicht nimmt und mich dadurch schädigt, muss das Land für einen Ausgleich sorgen. Ich kann nicht schon wieder viel Geld investieren. Notfalls gehe ich vor das Gericht und klage!“

Die Versammlung hatte mit unwilligem Murren geantwortet. Eine Klage würde das Projekt erneut weit hinausschieben. Schließlich war jemand aufgestanden, in der letzten Reihe, ein großer, kräftiger Mann in gepflegter Freizeit-Kleidung: „Wer ni will dieken, de mutt wieken! Das war hier an der Küste schon immer so!" Es gab heftige Zustimmung, der Gastwirt war ja ein Fremder, ihn konnten sie zur Zielscheibe für ihre Unzufriedenheit machen!

Der Mann in der gepflegten Freizeit-Kleidung war einer der großen Bauern im Norden der Stadt, mit einem Hof, der seit der Gründung des Kooges im Familienbesitz geblieben war. Zunächst mit Kohl und Kartoffeln, dann auch mit Mais für die Produktion von Öko-Strom in einem der neuen Bio-Gas-Kraftwerke, an dem er beteiligt war, hatte er den Ertrag des Hofes erheblich steigern können. Seine Frau bot in ihrem Hof-Café mit dem einladenden Namen ‚Frischer Wind' Kaffee und selbst gebackenen Kuchen an und verkaufte landwirtschaftliche Produkte des Hofes. Er hatte, weil sich das so ergab, schon einmal mit der Sparkasse über die Gaststätte auf dem Deich gesprochen, ganz vertraulich, so grundsätzlich, am Rande der regelmäßigen Beratungen über eine ertragreiche Anlage seines Barvermögens. Es stünde schlecht um die Liquidität des Betriebes, hatte er aus den vorsichtigen Äußerungen des Beraters gehört. Wenn also keine finanziellen Reserven vorhanden wären, der Betrieb deshalb durch die Behinderungen in der Bauzeit in Konkurs geriete, im ersten Versteigerungstermin auch kein Interessent käme, wer würde denn auch jetzt in dieser Lage in den Betrieb investieren, dann könnte man die Gaststätte im zweiten Bietertermin günstig erwerben. Er hätte das Geld dazu. Und seine Frau würde aus dem Lokal etwas Vernünftiges machen. Dann kämen sie alle, die Landfrauen, die Jäger, der Bauernverband. Er würde abwarten. Mit etwas Geschick, mit etwas Glück …

Später, am Stammtisch, zwischen Bier, Korn und Skat, waren sie sich schnell einig. „Das ist rücksichtslos! Den Deichbau an der eigenen Kompromisslosigkeit scheitern zu lassen. Er ist ja auch ein Fremder und hat noch keine Sturmflut erlebt. Behüte Gott unsere Stadt vor der nächsten Flut! Bis der Deichbau geregelt ist, gehe ICH nicht mehr in seine Gaststätte."
Sie gingen danach auch nicht mehr hin, in das Restaurant auf dem alten Deich.

4
Ein verdienstvoller Mann

MEIER WAR DER Erste, der ihn erkannte.
Bevor Jensen das obere Ende der Treppe erreicht hatte, kam Polizeimeister Meier ihm schon entgegen.
Meier nahm zwei Stufen auf einmal, ohne sich auf die Unsicherheit auf der schmalen, rutschigen Holztreppe zu achten. Er bemühte sich, seinen früheren Elan zu zeigen. Er war jetzt dreiundfünfzig Jahre alt, ein Alter, das ihm Sorgen bereitete. Einerseits spürte er, das alles begann, etwas schwerer zu werden, etwas langsamer zu gehen. Andererseits ertappte er sich gelegentlich dabei, die Zahl der Jahre bis zu seiner Pensionierung, die er mit sechzig Jahren erwarten konnte, zu zählen. Beides würde er aber nie eingestehen, nicht bei den Kollegen in der Wache und nicht zu Hause bei seiner Frau. Auch wurde er etwas fülliger, was er ausschließlich der „Lebensmitte", wie er es ausdrückte, zuschrieb.
„Der Tote da unten: Das ist Peters, Jan Uwe Peters!" Er hatte vom oberen Rand der Baugrube aus zugesehen, als der Notarzt das Gesicht abspülte.
„Peters? Der Mitarbeiter des Deichverbandes? Sind Sie sicher?"
„Ja, natürlich! Das ist Deichbaumeister Peters! Mein Gott! Dass ihm das auf seiner Baustelle passieren musste!" Meier, eigentlich mit seinen fast dreißig Dienstjahren an Vieles gewöhnt, war tief erschüttert. „Ich habe den Deichverband schon informiert." Ein Verantwortlicher für die Baustelle würde ohnehin benötigt.
„Peters also!" Jensen sah nachdenklich in die Baugrube hinab. „Was sagt uns diese Tatsache, Meier?" Jensen wusste, dass oft die ersten Gedanken in die richtige Richtung führten. Er sah Meier fragend an.

„Ich kann es noch nicht fassen. Peters! In seiner Baustelle, tot. Mitten aus seinem aktiven Leben heraus. Was für ein Verlust für die Region!“ Meier sah sich gedankenverloren um: „Regen, alles nass und rutschig. Peters, gewissenhaft wie immer, kontrolliert die Baustelle, stürzt hinab und ist sofort tot. Keine Spuren, keine Hinweise auf Fremdverschulden, Geländer und Treppe sind in Ordnung. Ist wohl abgerutscht; Unfall! Schrecklich!“
„Und wenn es kein Unfall war: Könnte da jemand nachgeholfen haben? Hatte er Feinde?“
„Nein, bei uns im Polizeirevier ist nichts bekannt. Noch nicht mal falsch geparkt oder zu schnell gefahren. Völlig korrekter Mann, der Peters. War auch sehr beliebt. Ich habe oft gehört, dass die Leute nur Gutes über ihn sagten.“
Jensen bohrte weiter, musste die wenige Zeit noch nutzen: „Und diese große Baustelle? Gab es da Probleme? Mit Nachbarn? Mit den Baufirmen?“
„Naja, die Vordeichung hat schon für Ärger gesorgt. Aber Peters war immer als Vermittler dazwischen. Hat sich wohl mit allen Betroffenen einigen können. Ich war bei einer öffentlichen Anhörung, als er den Leuten versprach, es werde erst gebaut, wenn deren Wünsche vom Land akzeptiert worden seien. Sie mochten ihn, trotz der unterschiedlichen Interessen. Und die Baufirmen? Die würden so etwas nicht machen. Und schon gar nicht hier auf der Baustelle. Nein. Kann ich mir nicht denken.“
Leichter Nieselregen hatte eingesetzt. Sie sahen ein Auto auf den Parkplatz einbiegen: „Hoffentlich kommt nicht schon die Presse, Meier. Die Reporter müssten Sie noch eine Zeit lang fernhalten.“
Dem Auto entstieg ein Mann, der sich schnell der Deichkrone näherte. „Boje, Vorsteher des Deichverbandes“, stellte er sich vor. Sie machten sich miteinander bekannt.

Jensen informierte Boje über den Stand ihrer Erkenntnisse.
Boje war groß, kräftig, Jensen schätzte ihn auf gut fünfundachtzig Kilo, mit vollem dunklem Haar, mit glattem Gesicht und vom Wetter gebräunter Gesichtsfarbe. Er hatte kluge Augen und einen ruhigen, jetzt aber besorgten Blick. Sein Alter war schwer zu schätzen: ‚Wahrscheinlich Ende vierzig Anfang fünfzig', dachte Jensen.
„Lassen Sie uns in das Baubüro gehen." Boje übernahm ungefragt die Rolle des Regisseurs. Jensen war froh darüber, denn der Regen begann, die Kleidung zu durchfeuchten.
Das Baubüro war ein großer Container auf der Binnenseite am Fuße des Deiches. Er befand sich innerhalb des hohen, das Baugelände eingrenzenden Zaunes. Daneben hatten Baufirmen ihre Fahrzeuge aufgestellt, eigene mobile Büros und Aufenthaltsräume für die Beschäftigten, für Pläne und Unterlagen, für Geräte und Wartungsarbeiten.
Boje hatte mit dem kurzen Weg den Deich hinab etwas Zeit gewonnen, sich mit dem Gedanken an das Geschehene vertraut zu machen. Er setzte sich hinter den Schreibtisch, klopfte nachdenklich auf die Armlehne des Bürostuhles: „Vorgestern saß er noch hier und ich auf der anderen Seite. Was für eine tragische Entwicklung!" Er schüttelte gedankenverloren den Kopf.
Jensen unterbrach seine Nachdenklichkeit: „Was geht Ihnen jetzt durch den Kopf?"
„Das ist ein großer Verlust! Das war sein Projekt, seine Idee, er hat die Baumaßnahme durchgesetzt. Wer soll ihn jetzt ersetzen?"
„Was macht das Projekt so schwierig?" Jensen versuchte, ein Gefühl für die Verdienste des Deichbaumeisters zu gewinnen, um ihn besser einschätzen zu können.

„Wir mussten hier viele Interessen auf einen Nenner bringen: die Schließung des Deiches über einem äußerst schwierigen Baugrund; die Entwässerung der Landschaft durch das Schöpfwerk; den Widerstand der Bewohner in den Häusern auf dem Deich und die immer größer werdenden Auflagen zum Umweltschutz."

„Das hört sich noch völlig normal und im Rahmen des Üblichen an."

„Aber bedenken Sie, Herr Jensen: Jeder einzelne Grund reichte alleine schon aus, das Projekt nicht voranzubringen, aufzuschieben und das Geld des Landes in andere Maßnahmen fließen zu lassen. Natürlich war das Land in der Pflicht, für sichere Deiche auch bei uns zu sorgen. Aber die waren doch immer froh, wenn sie einen Grund fanden, eine andere Maßnahme vorzuziehen."

„Dem stand das Interesse Ihres Verbandes an sicheren Deichen entgegen."

„Das Interesse der Bevölkerung, der Bauern, der Hauseigentümer. Wir als Verband führen nur eine Aufgabe aus, die uns übertragen worden ist. Aber der Druck, endlich etwas zu tun, wurde immer stärker."

„Und das ließ Peters keine Ruhe. War es denn seine Aufgabe, ein solches Projekt zu entwickeln?"

„Nein. Unterhaltung und Reparatur aller Werke, Böschungssicherung und Landgewinnung waren seine Aufgaben. Aber Peters stammt aus der Gegend. Er kannte die örtliche Situation, die Gefährdung des Hinterlandes und die Mentalität der Marschbewohner. Er hat uns immer vorgehalten, welche Wucht die Flut bei ungünstigen Windverhältnissen gerade hier in der Bucht entwickeln kann. Er war ein exzellenter Fachmann. Und er wollte für die Stadt mehr als nur das Notwendige: Er wollte eine für alle vorteilhafte Lösung, eine Aufwertung der Situation am Deich. Es war seine Idee, neben dem Sportboothafen ein Rückhaltebecken als Biotop anzulegen, das auch touristisch genutzt werden kann. Er hat sich sehr große Verdienste erworben."

Jensen fasste für sich das Gehörte zusammen: „Wenn ich Sie richtig verstanden habe, Herr Boje, dann war Peters ein verdienstvoller Fachmann und engagierter Mitarbeiter, der das Vertrauen der Bevölkerung, aber keine Feinde hatte."

„Da kann ich jedes Ihrer Worte nur bestätigen, aus voller Überzeugung!"

5
Die Menschen in der Stadt

JENSEN WÄRE AM liebsten nach Hause gefahren. Er hatte mit Holdorf gesprochen, ohne dass es neue Erkenntnisse gegeben hätte. Peters sei ein unbequemer Mann gewesen: Er hätte täglich den Arbeitsfortschritt kontrolliert, immer mit dem Zeigefinger auf dem Terminplan; Nachlässigkeiten hätte er trotzdem nicht geduldet; dabei sei er aber sachlich und kameradschaftlich gewesen. Nein, niemand hätte ihm so etwas angetan.

Inzwischen hatte sich herumgesprochen, dass auf dem Deich etwas geschehen sein musste. Die ersten Neugierigen kamen, standen vor dem Tor und auf der Deichkrone hinter dem Bauzaun und versuchten, einen Blick auf das Geschehene zu erhaschen.

Jensen sah sich nicht befugt, den Schaulustigen oder der Presse etwas über den Sachstand mitzuteilen. Das wäre eine Aufgabe seines Vorgesetzten, den er informiert hatte und der in Kürze eintreffen würde. Aber er konnte und wollte die Baustelle deshalb jetzt noch nicht verlassen, trotz des lästigen Wetters, der von der Nässe immer schwerer werdenden Schutzkleidung und der in den Stiefeln ermüdenden Beine. Er rief seine Freundin an, um die gemeinsame Planung für den Nachmittag zu ändern: „Hallo Bärbel! Ich bin es. Ich bin noch auf der Baustelle, ich kann noch nicht weg."

„Was ist denn dort passiert?"

„Ein Toter. Sieht nach einem Unfall aus. Aber genau wissen wir das noch nicht."

„Und du kannst nicht weg? Was wird aus unserem Besuch bei meinen Eltern?"

„Fahre du schon mal alleine zu ihnen nach Büsum. Ich komme nach, sobald ich hier weg kann."

Bärbel seufzte resigniert: „Ich wusste es, immer kommt etwas dazwischen. Das hätte so ein schöner Nachmittag werden können.“
„Ja, du hast ja Recht, aber es geht jetzt einfach nicht anders. Bis nachher.“ Jensen beendete das Gespräch.
Meier kam von einem Rundgang über die Baustelle zurück und blieb bei Jensen unter dem Vordach des Baubüros stehen. Er wies auf die Schaulustigen: „Hat sich schon rumgesprochen, was? Naja, mit Blaulicht zum Deich, da werden die Leute neugierig.“
„Wie sind die Leute hier in der Stadt? Sie kennen doch sicher einige persönlich.“ Auch Jensen kannte sie, mehr oberflächlich die meisten, er war seit ein paar Jahren bereits in der Heider Dienststelle. Die örtliche Polizei würde sie aber besser einschätzen können.
Meier wurde nachdenklich, er wollte auch nicht zu viel andeuten: „Naja, wie überall hier an der Küste. Die meisten sind freundlich, neugierig und interessiert. Aber wenn Sie jemand als Zeugen befragen, dann wird er einsilbig, redet nur das Notwendigste und das Wenige ist zumeist unzutreffend.“
„Also oberflächlich?“
„Eher vorsichtig. Sie wollen mit ihrer Aussage niemand schaden, vielleicht brauchen sie ihn ja bald wieder. Sie wollen auch nichts Falsches sagen, wobei es ihnen ohnehin schwerfällt, sich an das Richtige zu erinnern. Und sie halten in ihrer jeweiligen Gruppe zusammen.“
Jensen sah Meier an: „Sie kommen aus dieser Gegend, Sie werden das wissen, Meier. Aber Gruppen: So groß ist die Stadt doch nicht, dass sich Gruppen bilden. Oder geht es um die einzelnen Ortsteile, die sich nicht grün sind? Das soll es ja öfter geben.“
„Es ist ganz einfach: Wer hat Grundbesitz und wer nicht!“
„Das hört sich ja nach Mittelalter an. Die Landbesitzer hatten Stimmrecht, die anderen nicht.“

„Sie werden Recht haben, Herr Jensen. Aus dieser Zeit rührt das sicherlich noch her. Wer das Land besitzt, der bestimmt. Solange die Besitzlosen arbeiten, zahlen und nicht auffallen, werden sie akzeptiert. Das führt zu einer Dreiteilung der Gesellschaft: die Bauern, bei denen der große auf den kleinen hinabsieht, die Hauseigentümer und die Mieter. Sehen Sie sich die Stadt an: Kaum Mietwohnungen, kein sozialer Wohnungsbau, das will man hier nicht haben."
Jensen war schon seit ein paar Jahren in der Region, aber so hatte man ihm bisher das gesellschaftliche Leben noch nicht erklärt. Das Gespräch mit Meier wurde für ihn immer interessanter. „Gibt das denn nicht häufig Streit?"
Meier verneinte: „Das regelt sich meistens von alleine. Wer hier wohnt, kennt seinen Platz und kennt die Spielregeln. Es gibt bestenfalls den üblichen Wettbewerb um die sich lohnende Heirat."
„Also wenig Arbeit für das Revier?"
„Ja, Herr Jensen. Meistens ist es ruhig. Die Köpfe sind aufgeräumt wie die Hausgärten. Im Frühjahr werden Blumen angepflanzt, der Rasen wird gedüngt und zweimal in der Woche gemäht, damit sich bloß kein Unkraut und kein Moos einnistet und weil jeder den Wettbewerb ‚Wer hat den schönsten Garten' gewinnen will. Für die Kinder gibt es nur einen kleinen Spielplatz, neben dem Sportplatz. Und im Herbst werden die Rabatten und die Gräber auf dem Friedhof frühzeitig mit Tannengrün abgedeckt, damit man sich ungestört auf die Bälle vorbereiten kann. Auf den Bällen werden nämlich Meinungen gefestigt, Ehen abgesprochen oder zerstört und gelegentlich auch Kinder gezeugt."
„Meier, an Ihnen ist ja ein Psychologe verloren gegangen! Sie kennen Ihre Leute ja ganz genau. Wie lange sind Sie hier im Revier?"
„Ach, schon viel zu lange. Aber es hat auch seine Vorteile, die Leute einschätzen zu können." Meier freute sich, in

Jensen einen aufmerksamen Zuhörer und dessen Anerkennung gefunden zu haben. Er geriet in Plauderlaune, es war ohnehin gerade nichts zu tun: „Die Bälle in der Stadt haben es in sich: Vorher werden sorgfältig die Tischgesellschaften abgesprochen, es könnte sich ja sonst jemand, den man nicht gerne in seiner Nähe haben will, am Tisch niederlassen, dafür ist man sich ja doch zu wichtig.
Konnte man früher die Größe des Besitzes an den Silberknöpfen der Frauentracht ablesen, so gibt es jetzt keine Erkennungszeichen mehr: Selbst der Schmuck sieht nur teuer aus. Aber man kennt sich ja, man weiß, mit wem man am Tisch sitzt, den Rest erfährt man ohnehin an der Bar im Gespräch."
„Sind die Leute denn so friedlich und immer einer Meinung?"
„Die Leute wissen, worauf es ankommt. Und da lassen sie nicht mit sich reden: Was bringt mir mehr Geld als dem Anderen. Für alle anderen Dinge gibt es den Meinungsaustausch: Ich lasse mich von dir überzeugen, wenn du dich von mir überzeugen lässt. Danach hatte jeder eine andere Meinung, nur nicht seine eigene. Die meisten sind von der Art, die ihre Meinung lautstark und mit Überzeugung vor sich hertragen. Bis jemand mit einer anderen Meinung kommt. Dann vertreten sie fortan dessen Meinung und sind nicht bereit, zu akzeptieren, dass es jemals eine andere Meinung gegeben haben könnte."
Jensen sah seinen Vorgesetzten, den Leiter der Polizeistelle Heide, mit seinem Auto auf den Parkplatz einbiegen.
„Das war ein interessantes Gespräch mit Ihnen, Meier. Das müssen wir bei Gelegenheit fortsetzen. Jetzt muss ich meinen Chef informieren."
Er würde auch darüber nachdenken müssen, ob das alles mit diesem Fall zu tun haben könnte.

6
Der Deichbaumeister

JAN UWE PETERS war Sohn einer alteingesessenen Familie.
Wäre die Höfeordnung nicht gewesen, hätte alles einen anderen Verlauf genommen.
Der Großvater, Johann Peters, genannt ‚Hanne‘ Peters, hatte einen stattlichen Hof, Marschland in einem der jungen Köge, gut vierzig Hektar, fruchtbares Land. Sie bauten Kohl an, damit waren sie im Ersten Weltkrieg wohlhabend geworden, hatten Land dazu kaufen können. Als der Großvater starb, erbte nach der Höfeordnung der Älteste der beiden Söhne, Friedrich, den Hof, der Jüngere wurde ausbezahlt. Der jüngere Bruder, das war Jan Uwes Vater, Walter Peters.
Die Brüder hatten sich über eine sinnvolle Zusammenarbeit geeinigt. Walter Peters gründete ein landwirtschaftliches Lohnunternehmen, das die immer größer und teurer werdenden leistungsfähigen Maschinen kaufte und auf Abruf auf den Höfen die notwendigen Arbeiten ausführte: vom Pflügen bis zur Ernte.
Walter Peters‘ Familie stammte also von einer der alten, Land besitzenden Familien ab, hatte aber selbst kein Land. Sie waren wohlhabend, hatten Geld, aber kein Land. Sie waren beliebt, man brauchte sie, hofierte sie, damit die in Auftrag gegebenen Arbeiten auch zum günstigsten Zeitpunkt ausgeführt würden, aber sie hatten kein Land. Sie gehörten nicht mehr zu dem Kreis, den man früher ironisch ‚Land-Adel‘ genannt hätte, sie waren sozusagen ‚Peters zweiter Wahl‘. Lästermäuler begannen, etwas, das nicht mehr erstklassig war, ‚Peters zwei‘ zu nennen: ‚Diese Zuckerrüben? Zu klein, noch nicht ausgewachsen. Die sind nur Peters zwei!‘

Trotz allem: Die Bauern brauchten Walter Peters, so leistungsfähige und teure Maschinen wollten sie sich nicht mehr selbst kaufen: Mähdrescher, Pflüge, Rübenernter, Traktoren und Lastkraftwagen. Von Februar bis in den November war Walter ausgebucht, das Geschäft ernährte die Familie gut, ohne sie von den Risiken der Fruchtfolge abhängig zu machen. Im Dezember und Januar flogen sie zum Ausgleich in die Karibik.
Jan Uwe war das einzige Kind. Die Eltern wollten Probleme aus der Erbfolge verhindern. „Du studierst! Wir können es uns leisten!“, hatte Walter bestimmt und Frau und Sohn waren einverstanden. „Damit du später den Betrieb übernehmen kannst!“ Walter war es gewohnt, weit im Voraus zu denken.
Jan Uwe studierte Ingenieurwesen mit der Fachrichtung Maschinenbau und Elektronik. Damit würde er unabhängig sein, sein eigenes Einkommen verdienen können, ohne den Vater wegen der Übergabe des Unternehmens unter Druck setzen zu müssen.
Kurz vor dem Examen rief Walter seinen Sohn an: „Du musst am Wochenende nach Hause kommen. Da gibt es etwas für dich!“
Jan Uwe hatte seine Diplomarbeit im Kopf, anderes interessierte ihn nur am Rande, würde sich ohnehin von alleine ergeben: „Was denn? Ich habe zu tun, das Examen.“
„Ich weiß. Aber danach willst du doch arbeiten.“
„Ja, aber das hat doch noch etwas Zeit. Ich finde schon etwas.“
„Habe ich schon. Du kennst doch Boje, den Deichgrafen. Ich habe mit ihm gesprochen. Der Verband sucht einen Diplom-Ingenieur. Der alte Deichbaumeister geht zum Jahresende in Rente. Das wäre genau das Richtige für dich. Für die nächsten paar Jahre.“

So kam Jan Uwe Peters als Deichbaumeister zum Deichverband. Er kannte die zahlungspflichtigen Bauern und ihre Höfe, die Fleete zur Entwässerung des Landes und ihre Problemzonen, er kannte die Deiche, die Siele, die Außentiefs und das Vorland. Innerhalb kürzester Zeit hatte er sich eingearbeitet.
Nun waren die Zeiten, in denen ein Hauke Haien ein neues Deichprofil ersann und durchsetzte, lange vorbei. Die Wissenschaft entwickelte Bauweisen und Materialvorschläge. Das Geld entschied, wann was gebaut werden kann. Für den Deichbaumeister blieben Alltäglichkeiten: Unterhaltung und Instandsetzung, Reparaturen, die Landgewinnung und der Kontakt zur Bevölkerung.
Schnell erkannte er aber auch das große Risiko im Raum Oldenhusen. Und er wusste die gegensätzlichen Standpunkte einzuschätzen: einerseits die fehlende Sicherheit vor Hochwasser, die Gefährdung des gesamten Ortes, andererseits der Schutz historisch begründeten Eigentums an den Häusern auf dem alten Deich. Er sah ohnehin hinter den Problemen stets auch die Menschen. „Wozu sind wir denn da?“, fragte er in einer Verbandsversammlung. „Der Deich, der Deichverband, das ist doch kein Selbstzweck. Wir dienen doch den Bewohnern, dem Schutz von Leib, Leben und Besitz. Da müssen wir doch die Auswirkungen unserer Arbeit auf den Einzelnen bedenken!“
‚Für Oldenhusen‘, so dachte er, ‚muss ich eine Lösung finden. Und ich werde sie durchsetzen. Es soll die Krönung meiner Arbeit im Verband werden.‘
Er hatte bei diesen Überlegungen noch nicht die Sorge um den eigenen finanziellen Vorteil im Auge, das ergab sich oft von alleine, wenn die Betroffenen zufrieden waren. Eher bewegte ihn die Hoffnung auf ein Denkmal für seine verdienstvolle Arbeit. Natürlich kannte er die Abwertung, die in den Worten ‚Peters zwei‘ ausgedrückt wurde. Einer

der Jugendfreunde seit der Schulzeit, Sohn eines der großen Bauern, hatte sich verraten und Jan Uwe verstand zunächst gar nicht, was gemeint war. Sie unterhielten sich auf einem Ball über die Mädchen: „Sieht sie nicht gut aus, die Dunkelhaarige, links auf der Tanzfläche?“ Rolf, sein Freund, musste sich recken, um einen Blick auf die verträumt alleine tanzende junge Frau zu werfen: „Naja, die ist höchstens ‚Peters zwei‘, nichts für mich.“ Als es Jan Uwe gelungen war, sich die Worte erklären zu lassen, kühlte die Freundschaft merklich ab.
Aber das Bewusstsein von dieser offensichtlich weitverbreiteten Herabsetzung nagte an ihm, machte ihn ehrgeizig, vielleicht würde man die Lösung später anerkennend die ‚Peters-Lösung‘ nennen, ein paar Jahrzehnte lang!

7
Zweifel

HANS JENSEN WAR in schlechter Stimmung.
Der kleine Rest des späten Nachmittages bei Bärbels Eltern in Büsum war nicht sehr erbaulich verlaufen. Vater Braack war Friseur, betrieb mit seiner Frau einen Frisiersalon in der Alleestraße und sie hatten wegen des angekündigten Besuchs alle betrieblichen Notwendigkeiten, die meistens auch das gesamte Wochenende erforderten, zurückgestellt. Ihm waren die Umstände des neuen Falles durch den Kopf gegangen, sodass er mehrmals den Anschluss an die Gespräche in der Familie verloren hatte. Bärbels Mutter hatte zwar Verständnis behauptet, aber Bärbel war verstimmt. Sie verlegte demonstrativ das Gespräch mit ihrer Mutter auf die neuen Anti-Aging-Creams, sie war als Produktberaterin Leiterin eines Drogeriemarktes in Heide. Der Abend später zu Hause war eintönig verlaufen.
Erst am anderen Morgen fiel ihm auf, dass sein Wagen völlig verschmutzt war, außen vom Spritzwasser und innen von den Schuhen, obwohl er in der Baustelle Stiefel getragen hatte. Sogar an seiner Aktentasche klebten grauschwarze Kleckse der Klei-Erde. Und seine Wetterjacke war noch nicht restlos getrocknet.
Jensen hatte sich angewöhnt, sich eine imaginäre Person vorzustellen, die ihm gegenüber am Schreibtisch saß und mit der er seine Gedanken und Vermutungen diskutierte. Das zwang ihn, Dinge zu betrachten, die er sonst übersehen könnte. Eigentlich arbeiteten sie grundsätzlich im Team, aber es war derart viel zu tun, dass er auch gestern schon alleine vor Ort gewesen war und auch heute keinen Gesprächspartner hatte.

‚Es ist Jan Uwe Peters, der Deichbaumeister. So viel steht zweifelsfrei fest.'
‚Todesursache?'
Jensen hatte einen vorläufigen Obduktionsbericht: ‚Schweres Schädelhirntrauma, führte zum sofortigen Tod, Knochenbrüche in Becken und beiden Beinen, kein Wasser in der Lunge.'
‚Wodurch?'
‚Sturz in die Baugrube, Fallhöhe etwa zwölf Meter, Aufprall auf Betonmauern.'
‚Warum gestürzt?'
Das ging ihm von Anfang an durch den Kopf. ‚Es regnete. Alles war nass. Der Boden war weich und schmierig.'
‚Das alleine reicht nicht. Er kannte sich dort aus. Warum ist er abgestürzt?'
‚Die Spurensicherung hat alles untersucht: Geländer und Treppe an der Baugrube sind unbeschädigt. An der wahrscheinlichen Absturzstelle gibt es nach dem vielen Regen keine Fußspuren. Es gibt nichts Auffälliges auf dem Deich. In dem Baubüro gibt es Fingerabdrücke, aber die offensichtlich letzten, weil vollständig erhaltenen sind die von Peters an den Türklinken.'
‚Alkohol? Drogen?'
‚Nein, völlig clean.'
‚Soweit also keine Fragen offen? Und was jetzt? Vielleicht doch ein Unfall? Ein verantwortungsbewusster Mann kontrolliert bei dem schlechten Wetter noch einmal die Baustelle und rutscht bei Nässe in der Dunkelheit ab?'
‚Sieht so aus. Und trotzdem: Mein Gefühl sagt mir, dass ich etwas übersehen habe.'
‚Und wenn es kein Unfall war, sondern geplant, Mord?'
‚Wenn ihn jemand hinuntergestoßen hätte? In der örtlichen Idylle? Das ist noch unwahrscheinlicher: ein verdienstvoller Mann, der sich für seine Aufgabe einsetzt, von allen

anerkannt wird. Wir haben keine Spuren gefunden, keine Hinweise.‘

‚Aber ausschließen kann man es nicht. Es wäre etwas völlig Neues in unserer täglichen Routine. Hast du vielleicht deshalb keinen Blick dafür?‘

Jensen beendete das Zwiegespräch mit sich selbst in Nachdenklichkeit. Er würde an dem Fall dranbleiben! Irgendetwas störte ihn und das ließ ihm keine Ruhe.

Am nächsten Freitag war die Beerdigung. Der Staatsanwalt hatte den Leichnam freigegeben, es war eine klare und eindeutige Lage.

Alle waren gekommen. Das war im Dorf eine der Gelegenheiten, bei der man sich zeigen konnte und musste: Seht her, wie ich mit euch um ihn trauere! Ich habe ihn ja so geschätzt! Der Friedhof war zu klein für die vielen Trauergäste, die in den hinteren Reihen bereits den derzeitigen Kohlpreis diskutierten. Das Bläserkorps des Hegeringes blies ein letztes Halali. Für den Trauerkaffee war die große Maschinenhalle im elterlichen Betrieb geräumt und hergerichtet worden. Nach einer Stunde kamen die ersten Lacher auf, zunächst noch mit tadelnden Blicken quittiert. Gegen einundzwanzig Uhr kamen diejenigen zurück, die für die notwendigen abendlichen Verrichtungen auf ihren Hof gegangen waren und ihre Anteilnahme noch nicht genügend hinabgespült hatten.

Jensen saß am Rande der Trauergemeinde in der Nähe des großen Tores und beobachtete unauffällig das Verhalten der Gäste. Alle Anwesenden wussten wohl, wer er war, es gab unauffällige Blicke und Getuschel. Aber niemand suchte seine Nähe oder das Gespräch mit ihm, er gehörte nicht dazu, was wollte er eigentlich hier noch?

Boje, der Vorsteher des Deichverbandes, bereits im Aufbruch, kam schließlich zu ihm an den Tisch: „Sie erleben das traurige Ende einer erfolgreichen Zusammenarbeit.“

„Ja, ich sehe, er war wohl sehr beliebt. Wie war die Zusammenarbeit mit ihm?"
Boje sah kurz auf seine Armbanduhr: „Etwas Zeit habe ich noch. Setzen wir uns doch. Ja, wie war die Zusammenarbeit? Sie haben es ja vorhin in den Trauerreden noch einmal gehört: guter Fachmann, fleißig, gründlich, hat nie vergessen, dass wir für die Menschen im Verbandsgebiet da sind. Hat mir auch die eine oder andere Lektion im Laufe der Zeit verpasst. Wir denken doch alle mit der Zeit nur noch in Routine."
„Kann man so lange so gut sein?"
Boje blickte Jensen nachdenklich an: „Naja, es gab auch Schwankungen. Am Anfang war er von seiner Aufgabe begeistert. Nach ein paar Jahren kam wohl so etwas wie Langeweile oder Unzufriedenheit auf: Er sollte ja den Betrieb seines Vaters einmal übernehmen. Vielleicht dauerte ihm das zu lange. Aber im Grunde war er ehrgeizig: Der zu niedrige Deich hier in Oldenhusen ließ ihm keine Ruhe. Er plante und redete so lange, bis das Ministerium die Dringlichkeit anerkannte und Geld bereitstellte. Sie kennen die Häuser auf dem alten Deich: Dass es mit den Eigentümern nach Jahren zu einer Einigung gekommen ist, war sein Verdienst."
„Ja, das ist heute mehrfach hervorgehoben worden."
„Was man an einem solchen Tag nicht sagen sollte: Es gab auch eine Kehrseite." Er stockte, sprach noch etwas gedämpfter weiter: „Die Lösung des Deichproblems war gar nicht seine Aufgabe. Sie nahm aber sehr viel seiner Arbeitszeit in Anspruch, forderte viel von den Mitarbeitern, und andere wichtige Arbeiten blieben liegen. Das hat man ihm unter den Mitarbeitern und in den Unterverbänden übel genommen."
Jensen hatte sich einen alten Trick angewöhnt: jemand zu widersprechen, der ins Reden gekommen ist. „Das schmä-

lert aber nicht sein Verdienst um die Deichsicherheit. Und wäre auch kein Grund, ihn umzubringen."
„Umbringen? Nein, nach allem ist das doch eindeutig ein Unfall. Oder haben Sie neue Erkenntnisse?"
Jensen wehrte ab: „Nein, das scheint allgemeine Überzeugung zu sein, ein Unfall, tragisch, und unerklärlich wie die meisten Unfälle."
Boje wirkte ruhiger: „Zweischneidig war seine Haltung gegenüber den Behörden. Trotzdem ist heute jemand vom Ministerium gekommen."
„Aber das Ministerium hat sich doch von ihm überzeugen lassen."
„Ja, das war vorher, bei der Frage der Notwendigkeit. Als die Arbeiten am Deich und am Schöpfwerk ausgeschrieben wurden, europaweit, wie das nun einmal vorgeschrieben ist, gab eine polnische Firma das günstigste Angebot ab. Peters hat darum gekämpft, dieser auch die Aufträge zu geben: Polen sei in der EU, und wenn wegen des niedrigeren Lohnniveaus die Angebote günstiger ausfielen, dann müsse man den Vorteil auch nutzen. Außerdem hatte der polnische Bieter angeboten, keinerlei Nachforderungen im Verlauf der Arbeiten zu stellen."
„Ich kenne das Vergaberecht nicht so genau, aber das hört sich doch vernünftig an."
„Das Ministerium setzte sich aber über diese Forderung hinweg und gab einer deutschen Firma den Vorzug. Darüber war Peters sehr verärgert. Und jetzt haben wir jede Woche Nachforderungen auf dem Tisch, die das Land viel Geld kosten. Vielleicht hatte Peters mit seiner Meinung doch recht."
Mit einem kurzen Wink der rechten Hand rief Boje einen zum Tor gehenden weiteren Mann an den Tisch und machte sie bekannt: „Das ist Nils Beeken, der Vorsitzende des örtlichen Wasserverbandes. Setzten Sie sich zu Jensen,

Beeken." Er sah auf seine Armbanduhr, erhob sich: „Ich muss nach Hause. Sie können sich ja denken: Ein so großer Betrieb macht auch viel Arbeit. Auch an einem solchen Tag. Kommen Sie doch einmal bei mir auf dem Hof vorbei, Jensen!"

Im Wasserverband sorgten die Eigentümer großer Ländereien dafür, dass genug Wasser für die Landwirtschaft vorhanden war, überschüssiges Wasser aber der Nordsee zugeleitet wurde, dass es also keine Trockenheit, aber auch keine Überschwemmung gab. Es war, vom Gesetzgeber zwar so geregelt, aber trotzdem wie im Mittelalter: Die Großgrundbesitzer bestimmten und regelten, die Eigentümer kleiner Grundstücke und der Wohnhäuser und die Mieter wurden nicht gefragt.

Beeken wirkte unruhig. Er war ein kleiner Mann, gescheiteltes glattes Haar, kräftige Schultern, etwas untersetzt. Seine kleinen Augen blickten flink umher, so als dürfe ihm nichts entgehen. „Um diese Zeit haben wir alle viel zu tun. Haben wir. Nicht nur der Deichvogt. Naja, mein Hof ist etwas kleiner. Macht aber nicht weniger Arbeit, nicht weniger!"

„Ich will Sie auch nicht aufhalten. Aber da wir nun zusammensitzen, können Sie mir sicherlich auch etwas über Peters sagen." Jensen sah sein Gegenüber aufmerksam an.

„Ja was soll man da sagen, was soll man sagen. Schlimm! Einfach schlimm! So kommt man aus dem Leben. Wissen Sie: Letztes Jahr kam einer meiner polnischen Erntehelfer unter einen Trecker. Ging gerade noch mal gut. Gerade noch. Hätte auch anders sein können." Er schwieg kurz.

„Und in Ihrem Verband haben Sie eine große Sorge weniger?"

Beeken kam wie aus weit entfernten Gedanken zurück: „Ach so! Wegen des neuen Deiches, meinen Sie! Wurde ja auch Zeit. Wurde Zeit. Haben wir ihm zu verdanken, Peters.“ Er nickte mit dem Kopf nach oben, wo er den Verstorbenen im Himmel vermutete. „Wenn die Arbeiten nur bald fertig werden. Fertig werden müssen sie. Jetzt auch ohne Peters. Wird schwer werden!“

Dann beugte Beeken sich plötzlich über den Tisch zu Jensen hin, blinzelte Verständnis fordernd mit dem linken Auge, lächelte: „Die anderen Verbände: Die waren unzufrieden. Für uns hat er etwas getan. Aber für die anderen hatte er keine Zeit mehr. Wir waren auch sehr dankbar dafür, sehr dankbar!“ Er lehnte sich zurück: „So ist das im Leben. Der Eine ist Erster in der Reihe, die Anderen müssen sich hinten in der Reihe anstellen.“ Er lachte kurz auf: „Verstehen Sie mich nicht falsch. Wir sind wie eine große Familie!“

„Peters kam ja auch aus der Landwirtschaft, wenn auch nicht direkt. Da haben Sie sich gut mit ihm verstanden? Oder hatte er Feinde?“

Beeken sah sich flink um, so als wolle er sich vergewissern, dass niemand zuhören könne: „Feinde? Nein, das glaube ich nicht. Die Bauern können recht eigensinnig sein, besonders wenn es um ihr Land und um ihr Geld geht. Ja, richtig eigensinnig! Aber Hochwasserschutz, das ist wichtig, das muss sein. Das hat auch schon mal Auseinandersetzungen gegeben, hat das schon mal. Peters war deutlich in seinen Worten. Hat manchen Bauern gesagt, was sie nicht hören wollten. Aber man wusste dann auch, woran man war. Das wusste man bei ihm. Und auf alle die Gerüchte gebe ich nichts.“

Jensen wurde neugierig: „Gerüchte? Was redet man denn so?“

Beeken versuchte, sich herauszuwinden, hatte er versehentlich zu viel verraten? „Ach, man soll Toten nichts Übles nachreden. Soll man nicht. Es gibt Leute, die sagen, er wäre bestechlich gewesen. Und hätte zu viel mit den Frau-

en rumgemacht. Er, Peters. Glaube ich nicht. Sie wissen ja, wie die Leute sind. Alles nur Gerede, nur Gerede. Keiner weiß etwas Genaues."
„Also nur Gerede von Leuten, die glaubten, benachteiligt worden zu sein?"
Beeken war sichtlich erleichtert: „So ist das. Genau so! Aber jeder muss zu seinem Recht kommen. Und wer sich nicht regt, der kommt zu nichts." Er stand auf, hob zum Abschied grüßend die Hand und verließ die Halle durch das große Tor.
Zurück blieb ein nachdenklicher Jensen: Das makellose Bild vom Deichbaumeister hatte plötzlich einen Schatten.
In seiner Nachdenklichkeit bemerkte er Walter Peters erst, als dieser ihn ansprach: „Ich bin Walter Peters, der Vater des Verunglückten."
Jensen erhob sich: „Jensen, Kriminalhauptkommissar, Heide. Mein Beileid zu dem schmerzlichen Verlust." Er ließ seinen Blick schnell über den Mann gleiten. Sie waren fast gleich groß. Das Alter schätzte Jensen auf Anfang sechzig. Blaue Augen gaben dem Gesicht einen wachsamen Ausdruck. Breite Schultern und kräftige Hände sagten, dass der Mann arbeiten und zupacken konnte. Das Gesicht war wie von Sonne und Wind gebräunt. Das dunkle Haar begann sich von der Stirn aus zu lichten.
„Guten Tag, Herr Jensen. Ich hörte, dass Sie die Ermittlungen um den Unfall unseres Sohnes geleitet haben. Ich danke Ihnen, dass Sie zur Beisetzung gekommen sind."
„Ich wollte einfach etwas über die Lebensverhältnisse Ihres Sohnes wissen."
Walter Peters wies mit einer ausholenden Geste auf die Halle: „Das hätte er in wenigen Jahren übernehmen sollen. Er kannte jede unserer Maschinen. Trotz seiner Arbeit hat er hier viel geholfen. Ich weiß noch gar nicht, wie es weitergehen soll. Was wird aus dem Betrieb, wenn ich nicht

mehr bin?" Peters war zutiefst erschüttert. Immer hatte er mit Weitblick entschieden. Alles hatte er weit im Voraus genau geplant. Und plötzlich, über Nacht, waren seine Pläne wie ein Kartenhaus eingestürzt.

„Hat er keine Geschwister?"

Walter Peters war in Gedanken abwesend: „Nein, er war unser einziges Kind. Er war so fleißig. Kaum dass er einmal in Urlaub gefahren ist. Ab und zu ein paar Tage in England, das mochte er. War auch mal in Russland, hat sich gleich umgesehen, wie man dort Landwirtschaft macht. Seiner Mutter hat er teuren Bernsteinschmuck mitgebracht. Hat sich immer interessiert, für alles. Und jetzt ist er nicht mehr bei uns!" Er atmete tief und schwer.

Jensen hätte gerne etwas Tröstliches gesagt. Aber was hätte trösten können? Die Unabwendbarkeit eines unerklärlichen Schicksals? Manchmal beneidete er religiöse, gläubige Menschen, die sich in ihrer Not mit der Gewissheit einer unerklärlichen Entscheidung Gottes zufriedengaben, die zwar auch an ihrer Not litten, aber ihr Vertrauen auf Gott nicht verloren.

Peters unterbrach die plötzlich entstandene Stille: „Er hat sich für den Deichverband aufgerieben, so wichtig war das für ihn. Das Projekt Oldenhusen hätte er zu Ende gebracht, um dann den Betrieb von mir zu übernehmen. Was soll jetzt bloß werden?"

„Hatte Ihr Sohn Feinde, die ihm vielleicht Übles wollten?"

Walter Peters fuhr aus seinen Gedanken auf: „Feinde? Nein, man hat doch gesehen, dass das ganze Dorf bei der Trauerfeier war. Er war sehr beliebt. Er hatte keine Feinde. Was soll überhaupt die Frage? Es war doch ein Unfall!" Empört beugte er sich über den Tisch.

„Sicherlich! Aber Sie werden verstehen, Herr Peters, dass ich auch andere Möglichkeiten bedenken muss."

Jensen spürte, dass die Stimmung schlagartig frostig geworden war.
Peters hatte sich vom Tisch erhoben, reagierte unerwartet heftig: „Wenn Sie meinen, das zu müssen, dann tun Sie es. Aber ich verbitte mir, heute das Andenken an meinen verunglückten Sohn grundlos mit solchen Vermutungen zu beschmutzen! Sie sollten jetzt gehen, damit Sie nicht auch noch seine Mutter mit solchen Fragen aufregen!"
Jensen zog es vor, der Aufforderung zu folgen. Auf dem Heimweg gingen ihm die Gespräche durch den Kopf, einerseits die beiden Verbandsvorsteher, die das leuchtende Bild ungewollt getrübt hatten, andererseits der Vater, der von der Makellosigkeit seines Sohnes überzeugt schien. Er fragte sich, ob ein Mensch, der allseits offenkundig so beliebt und fachlich anerkannt war und sich so nachdrücklich für die Lösung eines schwierigen Problems im Hochwasserschutz engagierte, sich irgendwo so verfeindet haben könnte, dass er ermordet würde? Vielleicht trog ihn sein Gefühl und es war doch eine unerklärliche Verkettung der Umstände, die zu einem tödlichen Unfall geführt hatte.
Aber warum die heftige Reaktion des Vaters? Jensen hatte keine Behauptungen aufgestellt, hatte nur vorsichtig über die Unfall-These hinaus Fragen gestellt. Die Erfahrung sagte ihm, so werde zumeist versucht, etwas zu verbergen. Wusste der Vater etwas, was für die Beurteilung des Unfalles wichtig wäre? Er wies die Vermutung schon bald von sich. So war er durch den Beruf geworden, sagte er sich: misstrauisch gegen jeden und alles. Der Mann hatte einen Schicksalsschlag zu verkraften, da war es nicht erstaunlich, dass seine Nerven empfindlich waren.
Nach einer Aufbereitung aller Protokolle in den nächsten Tagen wurde die Ermittlungsakte geschlossen und mit der Erklärung „Unfall" an die Berufsgenossenschaft abgegeben.

Auch deren Überprüfung ergab keine neuen Erkenntnisse: der Einstieg in die Baugrube ordnungsgemäß und gesichert; Beleuchtung der Baugrube vorhanden und vom Einstieg aus zu bedienen; die Baugrube selbst und das gesamte Gelände sicher eingezäunt, verschlossen und unbeschädigt. Die Akten über den Unfall wurden geschlossen.

8
Ein unerklärlicher Fund

EIN PAAR TAGE lang vergaß Hans Jensen den ‚Fall Peters'. Er kümmerte sich im Team wieder um die übliche Arbeit. Rauschgifthandel: Sie hatten einen Tipp bekommen und Cannabis-Anpflanzungen ermittelt, in einem alten Resthof nördlich von Tellingstedt, die vernichtet werden mussten; Einbruch: Eine Gruppe von Profis schien es jetzt auch hier auf die Lagerhallen der Supermärkte abgesehen zu haben; es gab Anzeigen wegen versuchten Trickbetruges in vier Fällen.

Er versuchte, pünktlicher nach Hause zu kommen. Seine Freundin, Bärbel, vergaß darüber ihren Groll wegen des verpatzten Wochenendes in Büsum. Sie wurde fast euphorisch, was Hans dem endlich spürbar werdenden Frühjahr und dem wärmer und trockener gewordenen Wetter zuschrieb. Sie fuhren abends zum Einkaufen mit dem Fahrrad in die Stadt.

„Ich kenne dich doch! Hinter deiner Aufgeschlossenheit steckt doch etwas anderes. Schlechtes Gewissen?" Sie saßen am Ende der Friedrichstraße bei einem leckeren Eisbecher und sahen dem Treiben auf dem großen Marktplatz zu. Bärbel hatte sich schon lange im Stillen gefragt, ob Hans den Fall wirklich so schnell als geklärt ablegen konnte. Am Anfang ihrer Beziehung hatte sie nicht gewagt, ihren Vermutungen nachzugehen. Aber sie hatte gelernt, dass es klüger war, nach noch unausgesprochenen Problemen rechtzeitig zu fragen.

Zu fragen hatte sie gelernt, aber über Probleme zu reden, mit ihm zu diskutieren, fiel ihr noch immer schwer. Sie fürchtete sich etwas vor seiner manchmal ungeduldigen Reaktion und wartete auf eine noch günstigere Gelegenheit. Sie war jetzt zweiunddreißig Jahre alt und diskutierte gele-

gentlich mit ihren Freundinnen über ihre nächsten Jahre. Sie hatten sich ein Haus gekauft, in einer ruhigen Sackgasse nördlich der Hamburger Straße gelegen, Traum und Selbstverständlichkeit in Einem. Damit stimmte der Rahmen für die Familie. Zu der auch ein oder vielleicht zwei Kinder gehören würden. Sie befürchtete oft, die Zeit liefe ihr davon. Vielleicht würden sie vorher noch heiraten. Sicherlich, ihre Mutter legte zunehmend Wert darauf. Sie würden sich eine Tagesmutter nehmen, damit sie weiterarbeiten könnte. Sie nahm den kleinen Spiegel aus der Handtasche. Ein paar kleine Falten an den Augenwinkeln, tapfer nannte sie sie Lachfalten, hatte sie überschminkt. Sie wusste schließlich, was man tun konnte. Aber ihn jetzt hier fragen? In der milden Wärme des Frühlings? Ob sie sich nicht einmal um einen Termin im Standesamt kümmern solle? Schnell verschob sie den Gedanken auf eine günstigere Gelegenheit.
„Bin ich dir jetzt zu viel zu Hause?“, fragte er zurück, um sich Zeit für eine bessere Antwort zu lassen.
„Es ist mir aufgefallen und ich bin sehr froh darüber. Wann waren wir vorher gemeinsam so viel zusammen wie in diesen Tagen? Aber ich sehe es dir an: Du bist nicht wirklich zufrieden.“
„Dir bleibt aber auch nichts verborgen!“, lobte er sie; er hielt es plötzlich für vorteilhaft, wenn Bärbel in dem Bewusstsein bliebe, seine Gedanken lesen zu können, dann würde er leichter Gedanken vor ihr verbergen können. „Und du hast ja Recht. In den letzten Tagen hatte ich im Team viel nachzuholen. Es geschieht doch eine ganze Menge im Revier. Und der Fall Peters, der als Unfall abgeschlossen worden ist, geht mir nicht aus dem Kopf.“
„Abgeschlossen ist abgeschlossen! Du hast doch nicht etwa Langeweile?“
„Ich weiß selbst nicht, was es ist, Bärbel. Alles spricht für einen Unfall. Und trotzdem habe ich das Gefühl, dass die

Wahrheit anders aussieht. Dass ich irgendetwas übersehen habe."

„Und was machst du? Wartest du, ob das Gefühl mit der Zeit nachlässt?"

„Das würde mich auch nicht zufriedener machen."

Am folgenden Sonnabend, Hans Jensen hatte ohnehin Bereitschaftsdienst, fuhr er mit Bärbel nach Oldenhusen. Endlich schien der Sommer sich anzukündigen: mit blauem Himmel, sanftem Wind von Südwest und Temperaturen deutlich über der Zwanziggradmarke. Es würde ein klein wenig wie ein Familienausflug sein. Er parkte im Stadtzentrum vor dem Möbelladen, der schon geschlossen hatte, und sie gingen zum Deich, langsam schlendernd wie Ausflügler. Das Tor der Baustelle war verschlossen und keine Arbeiter versuchten, den Terminplan einzuhalten. Jensen kam sich überflüssig vor, fehl am Platze, was wollte er eigentlich hier, er sah sich um, ob ihn auch niemand beobachtet habe. Nein, der von hier aus einsehbare Teil des Ortes lag in friedlicher Mittagsruhe. Sie entschlossen sich, für eine kurze Weile getrennte Wege zu nehmen.

An der Nordseite der Baustelle verlief der Zaun den zur Verkürzung der Deichlinie bereits gebauten neuen Deich hinauf, überquerte die Deichkrone, um dann dem abfallenden Profil bis in das Wasser zu folgen. Da das Ufer im Gezeitenbereich lag, das Wasser im Rhythmus der Gezeiten seine Höhe änderte, war der Zaun bis in das bei Ebbe tief stehende Wasser gezogen worden.

An der Ostseite stand der Bauzaun in dem Gelände, das bisher außerhalb des alten Deiches lag, künftig zu einem Biotop gestaltet werden würde, und in dem lediglich das der Entwässerung dienende bisherige Außentief überspannen werden musste, im übrigen Verlauf aber war er fest und wehrhaft gefügt. Wollte hier jemand unbeobachtet in

den Baustellenbereich eindringen, dann müsste er schon durch das Wasser des Priels tauchen.
Die Südseite des Bauzaunes war schwieriger zu übersehen. Die Baustellenzufahrt verlief über den alten, zu niedrigen und künftig aus seiner Wehrhaftigkeit entlassenen Deichabschnitt. In kräftige Stahlträger war ein Tor eingelassen, das breit genug für den Schwerlastverkehr war, manuell verschlossen wurde und wie der Bauzaun auch in drei Meter Höhe mit Stacheldraht gegen Überklettern abgesichert war. Vom Tor aus lief der Bauzaun über den neu angelegten Deich nach draußen, kreuzte die Deichkrone in ihrer neu angelegten Höhe, um dann wie auch auf der Nordseite der Baufläche in dem bei Ebbe tief stehenden Wasser zu enden.
Gegen Westen hin war das Baufeld nicht abgesichert: Hier befand sich ständig mehr oder weniger hoch das Wasser des von der Nordsee geprägten Flusses, je nach dem Stand der Gezeiten, und lediglich ein großes Schild wies darauf hin, dass das Ankern, das Anlegen von Sportbooten und der Aufenthalt im Baustellenbereich verboten seien.
Jensen stand an der von den Baustellenfahrzeugen stark verschmutzten Kreuzung und war unschlüssig. Nahm er den rechten Weg, landete er vor dem Tor im Bauzaun und würde über den Schafzaun steigen müssen, um auf den neuen Deich hinauf zu gelangen. Er nahm den bequemeren, flacheren Weg zur Linken, schließlich ging er in seiner Freizeit spazieren. Der Weg war für Fahrzeuge zur Deichpflege angelegt, stieg langsam nach Süden hin an bis zur Deichkrone, führte dann abwärts und endete in der befestigten Fahrspur, die sich den gesamten Deich entlang zog und für Unterhaltungs- und Reparaturarbeiten benötigt wurde: Treibsel abfahren, Lahnungen bauen.
Der Deich wurde wie an der gesamten Küste von Schafen beweidet. Mit ihren Hufen sorgten sie dafür, dass keine

Löcher durch Biber, Ratten und Mäuse angelegt wurden, die einem Hochwasser Angriffspunkte gegeben hätten. Außerdem hielten sie den Bewuchs kurz, jedenfalls die Grasnarbe, sorgten für eine dichte Bedeckung des Bodens zum Schutz gegen Wasser. Diese praktische und kostengünstige Deichpflege hatte allerdings auch einen Nachteil. Die Tiere verschmutzten mit ihrem Kot den Deich und insbesondere die befestigten Fahr- und Gehwege, die sie anscheinend noch mehr liebten als die Grasdecke. Häufig hielten sie sich im Windschutz des Bauzaunes auf. Hier machte die Verschmutzung der Fahrspur ihre Benutzung so gut wie unmöglich, wozu auch, der Zaun schnitt ohnehin den Weg ab. Jensen blieb deshalb auf halber Höhe stehen und folgte mit den Augen dem Verlauf des Bauzaunes, ohne etwas Auffälliges zu entdecken.
Bis ein Gegenstand seine Aufmerksamkeit auf sich zog: Auf der Fahrspur lag, umgeben vom Kot der Tiere, eine lederne Geldbörse. Sie war offensichtlich vom Alter und langjähriger Benutzung abgetragen. Aber sie konnte noch nicht lange hier liegen, die letzte Springflut hätte sie sonst weggeschwemmt.
Jensen öffnete die Börse vorsichtig mit einem Papiertaschentuch und fand lediglich einen geringen Betrag in Münzen und Geldscheinen, aber keine Unterlagen, die auf die Person des Verlierers hätten schließen lassen.
Der Fund gab Jensen zu denken. Er nahm ihn an sich, steckte ihn in eine Plastiktüte, um ihn von der Spurensicherung untersuchen zu lassen.

9
Der Gastwirt

WÄHREND HANS JENSEN zur Baustelle gegangen war, hatte Bärbel Braack die Gaststätte auf dem Deich aufgesucht und nach einem Stück Torte und einer Tasse Kaffee gefragt. Sie war der einzige Gast und wunderte sich, dass es trotzdem noch frischen Kuchen gab: gedeckter Apfelkuchen mit frischer Schlagsahne. Die Wirtin hatte am Fenster gesessen und gehäkelt. Sie unterbrach ihre Handarbeit, um Bärbel zu bedienen. „Möchten Sie auch etwas zum Lesen haben, vielleicht eine Zeitschrift? Die Aussicht ist ja nicht mehr so schön wie früher." Sie wies aus dem Fenster: Man sah die eingezäunte Baustelle, den neuen Deich mit seiner mageren Grasdecke und das ehemalige, jetzt ungepflegte Vorland, das darauf wartete, zu einem attraktiven Biotop zu werden.
Bärbel genoss den Kuchen und die Sahne ohne Gewissensbisse. Die Zeit, in der sie ihre Taille wöchentlich mit dem Zentimetermaß kontrollierte, war längst vorbei. Sie trauerte nicht den Jahren der Jugend nach, in denen die größte Sorge der jungen Frauen war, Zucker, Fett und Kohlehydrate zu vermeiden. Sie trug mit Selbstbewusstsein ihr Alter von zweiunddreißig Jahre und die wenigen zusätzlichen Pfunde, die sich besonders an den Hüften festgesetzt hatten. Mit achtundsechzig Kilogramm hatte sie immer noch ihr Idealgewicht, wenn auch nur noch knapp unter der oberen Grenze. Sie war hundertsiebzig Zentimeter groß und Hans erklärte ihr immer wieder, sie sei in seinen Augen das Idealbild einer Frau. Er liebe ihren Busen, und ihre Hüften verführten seine Hände immer wieder, auf Entdeckungsreise zu gehen. Sie hörte es gerne und nutzte die Möglichkeiten ihrer Ausbildung und ihrer Tätigkeit, ihr Aussehen zu pflegen. Die Haare, mittellang und mit ei-

ner leichten Welle ausgestellt, hatte sie etwas zu blond hin aufgehellt, sie vermied das Wort ‚getönt', das sagte man nicht mehr. Sie trug wenig Make-up, meistens nur einen feinen Lidstrich, der ihre runden, braunen Augen betonte, ihnen etwas Aufmerksames gab. Im Geschäft legte sie Lippenstift auf, in der jeweils zur Kleidung passenden Farbe. So überzeugte sie die Kundinnen schneller von den Vorteilen ihrer Produkte. Aber privat verzichtete sie darauf. Ihr Einkommen erlaubte ihr, sich aus den Trends der Mode das eine oder andere Stück zu kaufen, ohne als herausgeputzt aufzufallen. Jetzt versuchte sie, keine Ungeduld aufkommen zu lassen und vertrieb sich die Zeit mit dem Kreuzworträtsel in der Tageszeitung. Es dauerte nicht lange, bis sie Hans auf die Gaststätte zukommen sah.
Zwei Gäste an einem Nachmittag! Der Gastwirt kam in den Schankraum, er trug eine Lederschürze über braunen Cord-Jeans und Flanellhemd. Er hatte seine Arbeit verlassen, um die Gäste persönlich zu begrüßen.
„Ich bin Markus Krämer und das ist meine Frau Toni. Uns gehört der Betrieb hier. Nett von Ihnen, zu uns zu kommen. Was darf ich Ihnen bringen?"
Hans bestellte wie Bärbel Kaffee und Kuchen.
„Woher kommen Sie denn?" Krämer sah die Gäste genauer an, wandte sich an Hans: „Sie kenne ich doch. Sie habe ich bei der Trauerfeier gesehen. Sie sind doch der Kriminalbeamte aus Heide?!" Es war mehr eine Feststellung als eine Frage.
„Und das ist meine Frau Bärbel", ergänzte Hans und überging, dass sie noch nicht verheiratet waren. Schnell unterdrückte er die aufkommende Erinnerung daran, dass Bärbel schon mehrfach erwähnt hatte, es würde Zeit für sie, Kinder zu bekommen, und dabei wäre eine Hochzeit doch sehr angebracht, aber auch daran, dass er auf die Einladungen bisher nicht eingegangen war. „Ich wollte doch einmal

den Betrieb kennenlernen, der von dem Deichbau so stark betroffen ist."

„Das ist sehr nett von Ihnen. Schauen Sie sich um. Sehen Sie selbst und sagen Sie mir, was ich tun soll. Wir haben vor zehn Jahren die Gaststätte gekauft und viel investiert. Sie sollte unseren Lebensabend absichern. Damals hat niemand etwas von der Deicherhöhung gesagt. Und jetzt? Die Aussicht ist verdorben. Auch deshalb kommen keine Gäste mehr!" Markus Krämer begann, sich in Rage zu reden.

„Hat man Ihnen denn keine Vorschläge gemacht? Der Verstorbene soll sich doch sehr für alle Probleme eingesetzt haben."

Krämer begann, an den Fingern abzuzählen, streckte den linken Daumen in die Höhe: „Zuerst kam jemand vom Land, einer mit Anzug und Krawatte, der noch nicht einmal seine Tasse Kaffee bezahlt hat. Das Land wolle den Betrieb aufkaufen, das sei ja alles nicht viel wert. Grund und Boden gehöre mir ja ohnehin nicht."

Er musste sich setzen, Schweißtropfen traten ihm vor Erregung auf die Stirn: „Gib mir ein Wasser, Toni!"

„Das war schon die erste Beleidigung: dass das keinen Wert habe. Die Terrasse mit dem Wintergarten auf dem Deich, die neue Treppe, eine neue Küche, neue Toiletten …" Krämer schnappte vor Aufregung nach Luft.

„Da kann ich Ihnen nur recht geben:", versuchte Hans Jensen zu beruhigen, „ein schöner Betrieb und alles sehr sauber, sehr gepflegt."

Krämer reckte den linken Zeigefinger in die Höhe: „Sein Angebot war die zweite Beleidigung, eine reine Frechheit! Dafür hätte ich mir keinen neuen Betrieb kaufen können, vielleicht eine Würstchenbude, aber mehr nicht. Und das bei den Schulden. Ich habe ihn gefragt, wovon wir denn leben sollten. Das interessiere ihn nicht, hat er gesagt!"

„Dann kam er, Peters, der Baumeister!“, Krämer reckte fast erschöpft die Hand mit drei gespreizten Fingern in die Höhe. „Er kam mit einer tollen Idee: Ich solle investieren! Man gäbe mir von dem künftigen Biotop eine Fläche, ich solle Informationstafeln und Beobachtungsplätze anlegen. Dann könne man die Gaststätte in das Baukonzept einbeziehen. Ich habe gesagt: Nichts da! Wovon soll ich das denn noch bezahlen? Dann klage ich eben gegen den Bauplan!“

Bärbel rutschte unruhig auf ihrem Stuhl hin und her, ihr wurde der Verlauf des Gesprächs unangenehm. Hans legte ihr beruhigend eine Hand auf den Arm.

Krämer sah das, wurde etwas ruhiger, bog den linken Ringfinger in die Höhe: „Dann kamen die Bewohner der anderen Häuser auf dem alten Deich. Abends, fast alle. Toni sagte schon etwas von Solidarität. Weit gefehlt, meine Toni. Ich solle gegen das Land klagen, stellvertretend für alle. Ich sei doch Unternehmer, ich könne mir das leisten. Außerdem seien wir Zugereiste, Fremde, die nicht so viele Rücksichten nehmen müssten. Und schließlich könne ich das ja von der Steuer absetzen.“ Kremer schüttelte mit dem Kopf. „Ich habe gesagt, sie sollen zunächst mal öfter kommen und mehr Umsatz bei mir machen, damit ich auch etwas zum Steuerzahlen einnehmen würde! Da sind sie gegangen und bis heute nicht mehr wiedergekommen.“ Resignation überzog Krämers Gesicht.

Schließlich hob Krämer wieder die linke Hand, klopfte an den kleinen Finger: „Dann verbreitete der verdienstvolle Deichbaumeister im Dorf, ich alleine sei schuld daran, dass der neue Deich nicht gebaut werden könne. In einer öffentlichen Versammlung stand ich plötzlich alleine: ‚Wer nicht will deichen, der muss weichen‘, so sei das schon immer hier an der Küste gewesen, brüllte einer aus dem Publikum.“

„Und jetzt?“, fragte Jensen, „Es wird ja gebaut. Haben Sie geklagt und verloren?“
„Und jetzt? Seit dem vergangenen Jahr wird gebaut und in der Bauzeit bleiben sogar die Touristen weg. Was sollen die auch hier tun, schauen Sie doch selber aus dem Fenster, dafür fährt man doch nicht nach Oldenhusen. Wir sind finanziell am Ende und ich habe tatsächlich schon überlegt, ob ich mich oder den Deichbaumeister umbringe!“
Auf dem Heimweg überlegte Hans Jensen, ob er deshalb den Gastwirt auf die Liste verdächtiger Personen nehmen solle.

10
Die Besitzenden

SIE MOCHTEN ES nicht, wenn man sie ‚konservativ' nannte. Das Wort brachten sie nicht mit positiven Werten, sondern mit dem weit zurück in der Vergangenheit liegenden Nationalsozialismus in Verbindung. Und sie bemühten sich doch nach Kräften, keine Fotografien aus der Zeit des Dritten Reiches auffinden, keine Erinnerungen aufkommen und nie mehr als einen Fahnenmast aufstellen zu lassen.

Nein, sie nannten sich ‚christlich' und gingen Weihnachten auch in die Kirche zum Gottesdienst, wenn auch christliche Nächstenliebe nicht zu ihren Stärken zählte. Sie nannten sich ‚demokratisch', denn sie beschlossen ja schließlich gemeinsam, was getan werden müsse; naja, dass man dabei nicht alle Einwohner beteiligen könne, das liege einfach auch an der Verantwortung, die der große Besitz einem auferlege, und wer wenig oder nichts besitze, der habe auch nur wenig oder keine Verantwortung. Das sei schließlich schon immer so gewesen, seit den Tagen der Bauernrepublik im sechzehnten Jahrhundert, und deshalb könne das auch heute nicht falsch sein. Einige nannten sich auch ‚sozial': Eigentum verpflichte nun einmal den Besitzer, zumindest dazu, es zu pflegen und zu mehren.

Die Strategien hierzu wurden am Stammtisch diskutiert, bei Skat, Bier und Korn. „Ich hole mir die Erntehelfer jetzt aus Russland. Die Polen sind mir zu teuer geworden." „Und wo lässt du sie wohnen?" „Die Wohnungen habe ich im letzten Winter für Touristen ausgebaut. Das rechnet sich. Die Russen müssen hinten in der Scheune wohnen. Ich habe aber gesagt: ‚Wehe euch, wenn die Scheune abbrennt.' Naja, ich habe die Feuerversicherung vorsorglich erhöht." „Bringen die denn auch Frauen mit?" Ein genüss-

liches Grinsen ging um den Tisch, so etwas fragte man nicht.
„Die von der Ostküste haben uns vergessen!“ Unwille hatte oft die Luft über dem Stammtisch erfüllt. Die Regierung saß an der Ostküste, in Kiel. „Das ist immer noch wegen Hemmingstedt.“ In der Schlacht bei Hemmingstedt hatte das Heer der Bauern einen Feldzug einer Eroberungsarmee zurückgeschlagen und dabei fast eine ganze junge Generation aus dem an der Ostküste ansässigen Adel getötet, der gegen sie aufgezogen war. Das war im Jahre 1500. Nein, sagten sie und waren sich schließlich einig, das sei nicht wegen damals. Das sei konkreter. Die besäßen kein Land, das vom Hochwasser bedroht werden könnte. Die säßen in ihren Büros, hoch über der Förde. Die sähen Wasser nur aus der Ferne. Und wer kein Land besitze, der habe auch nicht die richtige Einstellung zum Deichbau. Deshalb, und weil sie die Westküste grundsätzlich nicht mögen, sei so lange nicht genug für die Deichsicherheit getan worden.
Schließlich kam Jan Uwe Peters, der Deichbaumeister, der Sohn von Walter Peters, mit dem neuen Plan. Er warb nachdrücklich für das Projekt. Wenn alle dafür seien, dann gäbe es auch Geld von der Regierung, dann könne man auch bauen. Was sie aber nicht verstanden: Wozu solle das Biotop gut sein? Das bringe nichts ein, nur Arbeit und Kosten. Solle etwa der Gastwirt der große Gewinner bei dem Deichbau sein? Sorge so der Besitzlose, der Deichbaumeister, für einen Zugereisten, den Gastwirt?
Dann kamen Gerüchte auf. Keiner wusste, wer als Erster darüber gesprochen hatte. Aber jeder hatte schon einmal etwas gehört. Der Deichbaumeister habe schon immer dafür gesorgt, dass er nicht zu kurz komme. Er habe ja auch nichts, kein Land. Und der Vater, der alte Peters, hänge noch an seinem Betrieb. Nein, Bestechlichkeit wolle man

das nicht nennen. Aber wenn man einen Vorteil für sich einstecken könne, falle es leichter, auch großzügig zu sein. Und mit den Frauen im Dorf, na!, da treibe er es auch. Ein Jungbauer habe ihn erwischt und mit der Schrotflinte über den Deich gejagt, das wisse man ganz genau! Man wisse auch ganz genau, wer das beobachtet habe!
Mit der üblen Nachrede konnten sie den Fortgang der Planung und den Beginn der Arbeiten nicht mehr stoppen. Eigentlich wollten sie das auch nicht, denn sie hatten keine bessere Idee. Naja, das Biotop einsparen, aber sonst, ...
Aber einer stellte Peters dann doch noch zur Rede, vormittags an einem Sonnabend im Sommer letzten Jahres auf der Straße vor dem Kaufmann. Dass die Arbeiten am Deich jetzt angelaufen seien, na gut, damit könne man sich abfinden. Obwohl, man hätte doch Vieles viel besser machen müssen. Nur eines, das müsse er ihm, Peters, doch noch sagen. Man wisse genau, was da so gelaufen sei, nebenbei. Er wisse schon, was gemeint sei. Das müsse aufhören, sonst passiere vielleicht noch einmal etwas Schreckliches!
Peters hatte erschrocken reagiert, sich entgegen seinen Gewohnheiten nicht gewehrt. Auf einen groben Klotz, so sagte er oft, gehöre ein grober Keil. Er lasse sich nicht aus fadenscheinigen Gründen anmachen, und ernsthafte Gründe liefere er nicht. Aber er antwortete in ungewohnter Zurückhaltung. Was denn gemeint sein, fragte er zurück. Er solle es doch deutlich aussprechen, wenn er glaube, etwas zu wissen. Aber alles Weitere blieb ungesagt. Und eine Bedrohung lag in der Luft!
Dass das mit Peters und dem Hauptverband überhaupt so lange gut gegangen ist! Sie schüttelten unwillig die Köpfe, bestellten eine Runde Bier und einer mischte die Karten neu.

11
Die Geldbörse

KLAUS HOSSE VON der Spurensicherung wollte sich nicht so recht darauf einlassen: „Was soll das, Hans? Sie gehört zu keinem unserer Fälle und ich soll sie ohne schriftliche Anordnung untersuchen?“

Hans Jensen hatte die gefundene Geldbörse vorgelegt. „Ich weiß nicht, ob sie für den als Unfall abgeschlossenen Fall Peters interessant ist. Jedenfalls habe ich sie in der Nähe der Baustelle gefunden. Wir können sie keinem Verlierer zuordnen, es gibt keine Verlustmeldung im Fundbüro. Du weißt aus der Abschlussbesprechung, dass ich mit der Unfall-Theorie nicht sehr glücklich bin. Mache mir doch die üblichen Analysen: Fingerabdrücke, DNA-Spuren. Aber du musst gründlich sein, die Geldbörse hat eine Zeit lang draußen im Wetter gelegen.“

Die Labormäuse, wie sie die Kollegen in ihren Kammern im Keller nannten, waren gründlich. Fingerabdrücke waren so verwaschen, dass sie nicht rekonstruiert werden konnten. In den Fächern der Börse fanden sie Metallstaub von den Münzen und ein paar Hautschuppen, die es ermöglichten, eine DNA zu isolieren und für spätere Vergleiche zu dokumentieren.

In seinem Eifer, Anhaltspunkte zu finden, kam Hans Jensen auf eine wie ihm schien geniale Idee. Er würde in Oldenhusen einkaufen gehen und beim Bezahlen die gefundene Geldbörse auffällig vorzeigen.

In der Filiale der Kreissparkasse bat Jensen, ihm einen großen Geldschein zu wechseln. Er legte die abgegriffene Geldbörse mitten auf den Kassentisch, suchte dann aber in den Jackentaschen nach dem Geldschein. Die Kassiererin erfüllte ihm seine Bitte, ohne auf die Geldtasche, die sie mühelos sehen konnte, zu reagieren. ‚Es war auch nicht zu

erwarten, schon bei dem ersten Versuch Erfolg zu haben!', tröstete Jensen sich.
In der Gaststätte in der Koogstraße, der früheren Hauptstraße, stellte Jensen sich an den Tresen und bestellte ein Bier. Als er das Wechselgeld in Empfang nahm, meinte der Wirt hinter der Theke: „Stecken Sie das Geld lieber in die Jackentasche. Ihr Portemonnaie sieht so aus, als habe es schon bessere Zeiten gesehen." Jensen sah ihm in die Augen: War da ein Schimmer von fragendem Erstaunen? Er bedankte sich für das Bier und den Rat.
Viele Möglichkeiten blieben Jensen nicht mehr. Der Lebensmittel-Laden nebenan: Dann könnte er ja gleich die notwendigen Einkäufe für zuhause erledigen. Butter, Käse, Wurst, Mineralwasser, eine Tafel Schokolade. Die Kassiererin reagierte spontan und überraschend: „Ach, kaufen Sie für den Polen ein? Ist Magda nicht zu Hause? Ich habe sie auch lange nicht mehr hier gesehen."
Jensen hatte auf irgendeine Erkenntnis gehofft und wäre fast von der spontanen Frage überrascht worden: „Für den Polen? Wie kommen Sie denn darauf?"
„Oh, Entschuldigung, ich dachte, das sei seine Geldbörse." Dann wurde sie, wie zu ihrer Entschuldigung, redselig, es standen auch gerade keine weiteren Kunden hinter Jensen an der Kasse: „Er kauft oft hier bei uns ein. Nie viel. Er hat ja nur wenig Geld. Hat ja schon lange keine Arbeit mehr. Ich weiß gar nicht, wie die beiden zurechtkommen. Wenn seine Frau, wissen Sie: die Magda, wenn die nicht arbeiten würde …?"
Wie erhofft ein erster Hinweis! Jensen fragte vorsichtig nach: „Der Pole? Wen meinen Sie denn damit?"
Die Verkäuferin reagierte sichtlich berührt: „Ach, den kennen Sie ja gar nicht. Vergessen Sie, was ich Ihnen da erzählt habe. Aber ich dachte: Die Geldbörse sieht wie seine aus. Was es aber auch für Zufälle gibt!"

12
Ein polnischer Bürger

WEN MEINTE DIE Verkäuferin, als sie von ‚dem Polen' und seiner Frau Magda sprach? Jensen rief den Bürgermeister von Oldenhusen an und bat um ein Gespräch. Bürgermeister war der dreiundsechzigjährige Hannes Blau. Seine Eltern waren als Vertriebene nach dem letzten Weltkrieg in Oldenhusen untergekommen. Sein Vater hatte Arbeit auf einem der großen Höfe gefunden, deshalb war die Familie nicht der Umsiedlung in die weiter im Süden liegenden Industriegebiete gefolgt.

Hannes hatte sich frühzeitig für Gerechtigkeit und sozialen Ausgleich engagiert und war dem Verband der Jungsozialisten in der Kreisstadt beigetreten. Einige nannten ihn heute noch ‚den Roten Blau'. Als Sozialdemokrat, als ‚Mann mit der falschen Fahne', blieben ihm aber lange Zeit die meisten Ehrenämter in der Stadt verschlossen. Deshalb hatte er ohne Bedenken das Lager gewechselt und war kurz nach deren Gründung der Freien Wählergemeinschaft beigetreten; hier konnte er immer noch seine Sicht sozialer Fragen vorantreiben. Vor zehn Jahren war er in den Stadtrat gewählt worden. Nach seiner Wiederwahl ermutigten die beiden großen Fraktionen ihn vor drei Jahren, sich um die frei werdende Stelle des Bürgermeisters zu bewerben und organisierten die für seine Wahl erforderliche Mehrheit. Einer musste die Arbeit ja machen, und sie kannten ihn, sie würden ihm schon beibringen, was er zu tun habe.

Jensen und Blau kannten sich seit längerer Zeit dienstlich: Kriminalitätsstatistik, Präventionsarbeit, es hatte mehrere Themen in den Sitzungen der städtischen Ausschüsse gegeben. Sie trafen sich kurzfristig.

Blau erwartete Jensen am späten Nachmittag in seinem Büro mit einer Kanne Kaffee. Blau war mittelgroß und von kräftiger Gestalt, man sah ihm die frühere schwere Arbeit als KFZ-Mechaniker noch nach Jahren an. Er hatte volles dunkles Haar und noch glatte Wangen, denen man abends ansah, ob er sich für die Sitzung des Ausschusses frisch rasiert hatte. In der Kleinstadt aufgewachsen hörte man nichts mehr von dem ostpreußischen Dialekt seiner Eltern. Er schob den Stapel Drucksachen zur Seite, den er während der Wartezeit studiert hatte.

Sie begrüßten sich wie zwei alte Bekannte. Blau hatte es sich zum Prinzip gemacht, keine Eile zu zeigen, auch wenn noch so viel Arbeit wartete; jeder habe einen Anspruch darauf, so sagte er, ungeteilte Aufmerksamkeit zu spüren, das schaffe Vertrauen.

Nach dem ersten Schluck Kaffee kam Jensen auf sein Anliegen zu sprechen: „Sie können sich denken, Herr Blau, dass wir von der Kripo oft Fragen stellen müssen, ohne dass die Antworten gleich zu einem harten Verdacht oder zur Anklage führen."

Blau nickte geduldig mit dem Kopf: „Fragen Sie einfach los."

„Ich möchte auch nicht, dass Sie sich Gedanken darüber machen, mit welchem Fall meine Fragen in Zusammenhang stehen könnten. Ich will keinen falschen Verdacht wecken, einfach nur etwas über einen Ihrer Bürger wissen."

„Und für wen interessieren Sie sich?"

Jensen hatte sich vorgenommen, kein Wort über den Unfall Peters oder über die gefundene Geldbörse zu verlieren. „In einem Gespräch erwähnte kürzlich ein Bekannter einen Bürger polnischer Herkunft in Ihrer Stadt und dessen Frau Magda. Sie wissen sicherlich sofort, wer das ist."

Blau war erleichtert. Der Besuch schien nicht viel Arbeit zu verursachen: „Sie meinen sicherlich Roman Prziwatzki. Er ist mit Magda verheiratet. Anfang vierzig. Kleine Wohnung, ohne Garten. Keine Kinder. Kein Auto. Trotzdem schwierige Familie." Er schwieg einen Moment, wie um sich die nächsten Auskünfte zu überlegen.
„Mittelgroß, aber kräftig, rundliches Gesicht, vom Alkohol etwas aufgeschwemmt; dunkles, noch volles Haar, kräftiger Schnurrbart. Trägt fast immer eine Schirmmütze. ‚Schläger-Mütze' hat meine Mutter das früher genannt."
„So schwierig kann er eigentlich nicht sein. In unserer Dienststelle ist mir der Name noch nicht aufgefallen."
Blau freute sich im Stillen: Er wusste mehr als der Mann von der Kriminalpolizei. „Roman ist vor etlichen Jahren, es müssen mindestens fünfzehn sein, als Erntehelfer in die Stadt gekommen. Sie wissen ja: zuerst nur Kohl im Herbst, dann auch für die Frühjahrsbestellung. Er hat dann sehr schnell geheiratet, Magda, aus dem Nachbardorf. Wir haben uns gleich gedacht: Das ist nur wegen des Aufenthaltsrechtes, als Ehemann einer Deutschen brauchte er nicht wieder zurück nach Polen. Die Ehe war wohl auch nicht sehr gut, hat aber bis heute gehalten. Als dann 2004 Polen der Europäischen Union beigetreten ist, waren ohnehin keine Erlaubnisse für Aufenthalt und Arbeit mehr erforderlich."
Jensen grinste: „Also könnte man sagen: Er hat sich verkalkuliert. Aber die beiden sind trotzdem noch zusammen?"
„Ja, und das ist erstaunlich, für mich. Anfangs war Roman wie alle Erntehelfer fleißig. Mit deren Arbeitstempo kam kein deutscher Arbeitsloser mit. Aber dann wurde er, wie soll ich sagen, müde. Die Hochzeit hat ihn nicht beflügelt, Geld zu verdienen, ein Haus zu bauen, zu verreisen. Er wurde träge und uninteressiert."

„Hat seine Frau denn für beide genug Geld verdient?"
„Eigentlich auch nicht. Zuerst bekam Roman keine Arbeit mehr, meldete sich bei dem Arbeitsamt arbeitslos. Dann ging Magda arbeiten, mal als Aushilfe im Laden, mal als Putzfrau. Es gibt da ja einige Möglichkeiten in der Stadt. Aber auch nichts Dauerhaftes. Und dann kamen bei ihm Alkoholprobleme auf."
„Das Übliche: Alkohol als Trost gegen die Unzufriedenheit im Alltag."
„Das ist wie eine Schraube, die sich abwärts dreht: betrunken, keine Arbeit mehr, wieder betrunken, Streit. Wenn er betrunken ist, ist Roman hitzig, richtig hitzig. Dann verprügelt er auch schon mal seine Frau, wenn sie nicht rechtzeitig davonläuft. Aber sie kommt immer wieder zu ihm zurück."
„Gibt es andere Opfer seiner Gewaltausbrüche?"
„Da gibt es einige! Wie das so ist auf der Straße: Da kommt plötzlich Gerede auf, er wird provoziert und er schlägt zu. Die Polizei musste schon mal einschreiten und schlichten. Aber nichts Ernsthaftes."
„Er ist also empfindlich? Reizbar?"
„Ich würde das eher temperamentvoll nennen. Er lebt von Hartz IV und etwas Schwarzarbeit und sieht, dass es den anderen besser geht. Seine Frau geht arbeiten und die Leute fragen ihn, was sie denn mit Prostitution verdiene. Wenn er nüchtern ist, betrinkt er sich. Wenn er betrunken ist, schlägt er zu. Man kann das auch verstehen."
„Und warum arbeitet er nicht? Der Deichbau hat doch auch viele Arbeitsplätze gebracht."
„Dort hat er auch gearbeitet. Er hat bei den Erdarbeiten einen Lkw gefahren. Sogar auf der Baustelle für das Schöpfwerk war er ein paar Tage, hat die Schalung für Betonarbeiten gemacht, die Bescheinigungen für das Jobcenter

laufen ja alle über meinen Tisch. Aber er hält nie lange durch, hat wohl eine andere Mentalität als wir."
Jensen bedankte sich bald, für Kaffee, das Gespräch und die viele Zeit, die Blau sich für ihn genommen hatte. Es schien Jensen zu früh, über Zusammenhänge nachzudenken. Er wusste jetzt zumindest den mutmaßlichen früheren Besitzer der Geldbörse einzuschätzen.

13
Jensen und Roman P.

ES WAR INZWISCHEN später Nachmittag und ein Zufall, dass Jensen den Umweg nahm, der ihn zu den Supermärkten führen würde, und nicht den kürzeren Fußweg zum Parkplatz. Er interessierte sich eben inzwischen für alles, was in dem Ort zu sehen war. So begegnete er ihm.

Als er ihn sah, war er sich sofort sicher, dass er Roman P. vor sich hatte. Obwohl: Roman P. sah gepflegter aus, als Jensen das nach den Schilderungen erwartet hatte. Sorgfältig geschnittene Haare, gestutzter Bart, eine Armbanduhr, die jedenfalls auf den ersten Blick noch wenig getragen aussah. Jensen hatte sich angewöhnt, den schwer auszusprechenden polnischen Namen in seinen Gedanken abzukürzen auf den Anfangskonsonanten.

Vor dem Kiosk am ZOB, mit beiden Armen aufgestützt auf einen Bistrotisch, stand Roman P. und trank Bier. Er trank aus der Flasche. Er nahm einen tiefen Schluck, sah sich gelangweilt um, so als wolle er das Inventar auf Vollständigkeit prüfen, ließ den Blick dann über die Menschen, über Fahrzeuge und Bäume gleiten, gelangweilt, als ob es ihn doch nicht interessiere.

Jensen holte sich im Kiosk ein Radler und stellte sich zu Roman P. an den Tisch. Einem Einheimischen wäre die Annäherung sofort als absichtlich aufgefallen, sie suchten einen besetzten Tisch nur auf, wenn ein sehr guter Bekannter, ein guter Freund sich dort aufhielt, nie bei einem Fremden. Roman P. zeigte kein Erstaunen, streifte Jensen nur mit einem kurzen, gelangweilten Blick und erwiderte dessen Gruß mit einem ebenso kurzen Kopfnicken.

Jensen versuchte, ein Gespräch zu beginnen: „Es ist sehr warm heute. Ungewöhnlich warm. Das macht Durst.“ Er

bekam keine Antwort, nahm einen Schluck aus seiner Flasche: „Bei der Wärme sollte man nicht arbeiten."
Roman P. sah Jensen an, von der Seite, ohne mehr als nur den Kopf leicht zu drehen: „Und warum läufst du dann hier herum?"
„Ich hatte etwas zu regeln. Und warum stehst du hier? Bist du arbeitslos?"
„Ich arbeite nicht mehr."
„Warum arbeitest du nicht mehr? Du bist doch noch jung und kräftig."
Es war Roman P. anzumerken, dass er sich Mühe mit seiner Antwort gab: „Es ... gibt hier nicht viel Arbeit. Was soll man da tun?"
„Ja", sagte Jensen, „ich habe gesehen, dass sogar die Arbeit auf der Deichbaustelle ruht."
Roman P. erwachte aus seiner Lethargie: „Das ist wegen des Unfalls!" Heftig, fast angriffslustig erklärte er den Stillstand.
„Ich weiß. Ein Unfall. Der Deichbaumeister. Kanntest du ihn?"
„Nein. Nicht viel mehr als das, was man so über ihn gehört hat. Das hat so kommen müssen. Hat das Unglück wohl verdient."
„Warum meinst du, dass er den Tod verdient hatte?"
Roman P. bekam wohl das Gefühl, zu viel gesagt zu haben, er wurde einsilbiger: „Naja, was man so über ihn gehört hat."
Jensen versuchte, Roman P. am Reden zu halten: „Warst du einmal auf der Baustelle? Hast du vielleicht auch einmal dort gearbeitet?"
Jetzt sah er Jensen an, wie abwägend: „Ja, habe ich, aber nur ganz kurz. War nichts für mich. War mir zu schwer. Jetzt arbeitet meine Frau dort, macht das Baubüro sauber."

Jensen tat erstaunt: „So? Das ist interessant. Dann hat wenigstens einer aus der Familie dort seine Arbeit. Ich würde gerne einmal mit deiner Frau darüber reden."
Roman P. sah Jensen misstrauisch an: „Mit meiner Frau? Was soll das?"
„Naja, ich möchte herausfinden, was für ein Mensch der Deichbaumeister war."
„Das interessiert doch niemand mehr! Das war ein Unfall, und damit ist die Sache erledigt!" Roman P. hatte sich in Erregung geredet, die zu Beginn gezeigte Gleichgültigkeit war verflogen, er war zornig und aufgebracht: „Warum fragst du überhaupt nach so etwas? Du bist doch der Mann von der Kriminalpolizei. Wieso fragst du, wenn du genau weißt, dass das ein Unfall war?!"
„Das ist die Neugier, die der Beruf so mit sich bringt. Ich möchte verstehen, wie der Unfall geschehen konnte."
Roman P. kümmerte sich nicht mehr um den Rest in seiner Bierflasche. Er drehte sich einfach um und verließ wortlos den Tisch, ging ohne sich einmal umzusehen die Straße entlang, nicht in Eile, aber mit energischen Schritten. Er ging bis zum Ende der Straße, zu dem großen Wohnblock, in dem er wohnte.
Jensen sah ihm nach.
Etwas passte nicht zusammen. Bürgermeister Blau hatte von einer armen Familie gesprochen, Roman P. war auch schlicht gekleidet, aber seine Kleidung sah wenig getragen, eher wie neu gekauft aus.
Und wie hatte Roman P. sich ausgedrückt? ‚Das war ein Unfall, und damit ist die Sache erledigt.' ‚… die Sache erledigt', hatte er gesagt. War das eine unbedachte Redewendung, vielleicht wegen der unzureichenden Kenntnis der deutschen Sprache, oder steckte unbeabsichtigt mehr dahinter?

14
Im Baubüro

JENSEN DACHTE EIN paar Tage nicht weiter darüber nach. Er hatte keinen Ermittlungsauftrag im abgeschlossenen Fall Peters, aber auch keinen Urlaub, also konzentrierte er sich auf die alltäglichen Vorfälle. In der Team-Besprechung hatte Herbert Stoldt, als Polizeioberrat Leiter der Polizeistelle Heide, ihm ernst in die Augen gesehen und gesagt, er erwarte, „dass die laufenden Fälle nicht in Rückstand geraten." Dagegen konnte man nichts einwenden, zumal alle wussten, was Stoldt meinte.
Außerdem wusste er von sich selbst, dass sein Unterbewusstsein, sozusagen im Hintergrund auf einem zweiten Kanal, die Informationen und Erkenntnisse ablaufen ließ, wenn nichts anderes seine volle Aufmerksamkeit erforderte, und sich mit einer Verstärkung oder Abschwächung des unguten Gefühls über die Unfall-Theorie melden würde.
Bärbel hatte ihn dann eines Nachts wachgerüttelt: „Was hast du? Du redest unverständliches Zeug vor dich hin und wälzt dich in deinem Bett, es ist ja wie ein Erdbeben. Nun gib doch endlich Ruhe."
Vier Uhr zwanzig. Nun lag er da und konnte nicht mehr einschlafen. Und dabei war es am Abend vorher spät geworden. Sie hatten Kuno und Hilde beim Griechen getroffen, ein paar Ouzo mehr als üblich getrunken, sodass es ein fröhlicher, entspannter Abend geworden war.
Und dann drängten sich Erinnerungen und Bilder in sein Bewusstsein: Roman P., der als arm geschildert wurde, aber fast neue Kleidung trug, als sie sich am ZOB trafen; der Zorn Romans, als Jensen sagte, er wolle mit dessen Frau Magda reden; ein Toter, der unter großer Beteiligung der Einwohner zu Grabe getragen wurde und von allen als beliebter, verdienstvoller Mensch geschildert wurde, aber

nur so lange, bis man mehr Fragen stellte. Dann sah er noch einmal den Körper zwischen den Fundamenten in der Baugrube liegen: Konnte man nicht genauer aus der Tiefe der Verletzungen auf die Fallhöhe und damit auch präziser auf die Absturzstelle schließen? An Schlaf war nicht mehr zu denken. Bereits um sieben Uhr saß Jensen an seinem Schreibtisch. Er verabredete sich mit Boje, dem Vorsteher des Deichverbandes, für ein weiteres Gespräch im Baubüro.

Boje hatte unwillig auf den Wunsch reagiert: „Ist der Fall nicht abgeschlossen? Oder ermitteln Sie immer noch? Ich habe Ihnen doch schon alles erzählt, was ich weiß."

„Sie waren sehr aufgeschlossen, Herr Boje, und dafür bin ich Ihnen auch dankbar. Deshalb habe ich ja auch die Überzeugung, dass ich Sie noch einmal um ein Gespräch bitten kann. Wie ich hörte, gibt es da so ein paar Gerüchte, und so etwas tut doch auch Ihrem Verband nicht gut."

Schließlich hatte Boje eingewilligt, er müsse nachmittags ohnehin im Baubüro nach dem Rechten sehen, die Arbeiten müssten jetzt endlich bald fortgesetzt werden.

Ob die Putzfrau, Magda, auch da sein könne. Boje wunderte sich, versprach aber, auch sie in das Baubüro zu bestellen.

Kurz nach fünf Uhr am Nachmittag, Jensen hatte seinen regulären Dienst pünktlich beenden können, trafen sie sich auf der Baustelle. Boje kämpfte noch immer mit seinen Vorbehalten: „Sie sprachen von Gerüchten, Herr Jensen. Legen Sie so viel Bedeutung in das Gerede der Leute?"

„Wenn auch nur ein Korn Wahrheit in den verschiedenen Andeutungen steckt, müssen wir über Vieles neu nachdenken. Keiner will etwas Genaues wissen, aber mehrere Leute haben Vorteilsannahme und Bestechlichkeit angedeutet. Das kann doch auch nicht am Ruf Ihres Verbandes haften bleiben: dass einer der leitenden Mitarbeiter vielleicht bestechlich war."

Boje schüttelte den Kopf: „Ermitteln Sie nun für den Verband oder in einer abgeschlossenen Unfallsache? Aber lassen wir das. Tun Sie das, was Sie glauben tun zu müssen."

Jensen bat zunächst Magda in das Büro. „Sie machen also hier alles sauber?"

„Ja, dreimal die Woche, ist ja nicht viel zu tun. Nur im Winter. Da ist es schlimmer. Und sonst putze ich auch noch in den Büros der Baufirmen nebenan. Das hat mir Peters vermittelt."

„Und seit wann arbeiten Sie hier?"

„Gleich von Anfang an. Wann war das denn noch? Warten Sie mal:" sie sah Boje an, „das Büro war ja noch nicht gleich da, kam erst später. Und da habe ich gleich angefangen."

„Dann kannten Sie Herrn Peters recht gut?"

„Kann man wohl so sagen!" Sie grinste plötzlich vor sich hin. „Wollte mich gleich einstellen. Meinte, wegen der Bauarbeiter müsse eine ‚Robuste' das machen, nicht so eine zarte oder ängstliche Zicke." Bei dem Wort ‚Robuste' hatte sie sich aufgerichtet, bewegte ihre Schultern hin und her, so als meine sie eher ihren Busen.

Magda war sechsunddreißig Jahre alt. Sie war auf einem Bauernhof im Norden der Stadt aufgewachsen. Ihr Vater arbeitete dort als Landarbeiter, ihre Mutter machte den Haushalt für den Bauern. Dort lernte sie Roman, ihren Mann, kennen, der als Erntehelfer auf den Hof kam. Sie heirateten nach kurzer Zeit und zogen in ihre Wohnung in der Stadt. Die Familie war kinderlos. Soviel wusste Hans Jensen inzwischen aus den Registern. Die Register enthielten keine Informationen über ihre Persönlichkeit.

Jensen versuchte, sie einzuschätzen. ‚Es ist bei ihr keine Selbstsicherheit', dachte er. ‚Selbstsicherheit erwirbt man, trägt sie, wie ein modisches Accessoire. Führt sie vor, damit sie zur Kenntnis genommen wird. Selbstsicherheit kann man aufbrechen. Sie scheint so zu sein, wie sie sich gibt.' Magda schien mit sich zufrieden zu sein, so wie sie war. Mit ihrer Herkunft, mit ihrem Können und mit ihren Mängeln, mit ihrem Leben.
Als Kind auf einem Bauernhof mit Rindern, Schafen, Ziegen und Hühnern wuchs sie mit allen in der Tierhaltung vorkommenden Notwendigkeiten auf. Sie war schon früh bei natürlichen und bei künstlichen Befruchtungen im Stall anwesend und half bei Tiergeburten mit. Oft umsorgte sie die Muttertiere oder die Neugeborenen beim Säugen. Es erfreute sie, tun zu können, was getan werden musste. Körperliche Vorgänge, das Berühren der Tierkörper wurden ihr zur Gewohnheit und gaben ihr ein starkes natürliches Selbstbewusstsein.
Er schätzte ihre Größe auf hundertsiebzig Zentimeter und ihr Körpergewicht auf fast achtzig Kilogramm. Entsprechend geformt waren ihre Hüften und ihr Busen, den sie in den Mittelpunkt der Aufmerksamkeit gebracht hatte. Sie wirkte offen und unverkrampft, jedenfalls ohne erkennbaren Respekt vor dem Kriminalbeamten, dem Deichgrafen oder dem Toten. Jetzt lächelte sie sogar und Jensen konnte sich gut vorstellen, dass Magda mit ihrem Aussehen, ihrem Lächeln und mit ihrer offenen Art bei einer bestimmten Sorte von Männern viel Erfolg haben würde. Jensen zwang sich zur Konzentration auf das begonnene Gespräch.
„Und wie war er so, im Umgang? Ich meine: als Chef?"
Ihre Augen wurden unruhig, so als suche ein erschrecktes Tier einen Ausweg: „Er war … immer freundlich." Sie hatte gezögert, überlegte wohl, ob sie das alles sagen dürfe,

was ihr bei der Frage durch den Kopf ging. Dann fuhr sie fort mit dem, was ihr wichtig erschien: „Er war ein guter Mensch. Hat mich gut behandelt. Hat sogar meinem Mann, dem Roman, Arbeit auf der Baustelle verschafft. Naja, war ja nur ganz kurz. Aber zu mir war er immer nett, immer! Und großzügig war er."
„Und Sie haben keine Erklärung dafür, was er an dem Abend auf der Baustelle gemacht hat?"
„Naja, er wollte wissen, ob auch alles in Ordnung war. So war er eben, immer. Ich war nur ganz kurz hier. Sie verstehen: nochmal alles sauber machen."
Jensen war erstaunt, das war bisher noch nicht bekannt geworden: „Sie waren an dem Nachmittag hier im Baubüro? Um welche Uhrzeit? Warum haben Sie das nicht bei den Untersuchungen des Unfalles angegeben?"
Magda wirkte plötzlich verwirrt, verunsichert: „So von sechs bis neun. Mein Mann, der Roman, braucht das nicht zu wissen. Vom Regen war der Fußboden schmutzig geworden. Und um acht kam Peters."
„Und was hat Peters dann gemacht?"
„Na, so in ein paar Akten geschaut. Und als ich seinen Schreibtisch gewischt habe, da hat er mich gepackt. Und dann haben wir … naja … das haben wir dann. Ich wollte eigentlich nicht, habe dann aber doch mitgemacht. Aber um neun Uhr war ich zu Hause!"
„Sie hatten also ein Verhältnis mit Peters. Hatten Sex mit ihm."
„Das mit dem Sex: Das stimmt. Ich habe aber nichts dafür genommen. Die Zeit haben wir als Arbeitszeit aufgeschrieben. Das müsse genügen, hat er gesagt."
Jensen wollte das Gespräch beenden: „Haben Sie noch etwas anderes zu erzählen, was ich wissen sollte?"
„Das mit der Geldbörse, das wollte ich Sie noch fragen. Lene, die im Lebensmittelladen an der Kasse sitzt, hat mir

gesagt, dass Sie die Geldbörse von Roman haben. Stimmt das? Kann ich sie zurückbekommen?“
Jensen griff in seine Aktentasche. Ja, sagte Magda, das sei Romans Geldbörse, sie erkenne sie genau wieder an dem Muster auf dem Druckknopf. Jensen ließ die Geldbörse wieder in der Tasche verschwinden, sie würde noch für die Spurenauswertung benötigt. Er sagte ihr, sie könne jetzt gehen.
Boje hatte wortlos zugehört. Jetzt stand er auf, in der Hoffnung, dass das Gespräch beendet werden könne. „Die Zeit für unerlaubten Sex als Arbeitszeit aufschreiben: unerhört! Das ist neu für mich! Waren auch für Sie neue Erkenntnisse dabei?“
„Noch nichts Greifbares, aber mehr als Nichts!“ Jensen machte keine Anstalten, das Büro zu verlassen. „Da wir gerade hier sind: Ich möchte mir alle Unterlagen ansehen. Alle!“
Boje begehrte unwillig auf und Jensen nahm seinem Angriff den Schwung: „Ich weiß, Herr Boje, ich habe keinen richterlichen Durchsuchungsbefehl, noch nicht einmal einen begründeten Anfangsverdacht. Aber es gibt ein paar Dinge, die nicht zusammenpassen. Entweder lassen Sie mich meine Ermittlungen in aller Stille fortsetzen, auch im Interesse des guten Rufes Ihres Verbandes, oder ich komme nächste Woche mit einem richterlichen Beschluss und mit der Presse zurück!“ Zumindest der Hinweis auf die Presse half.
Jensen begann, Peters‘ Schreibtisch durchzusehen. In der untersten Schublade links fand er einen schmalen Schnellhefter mit Kontoauszügen. Schnell hatten sie festgestellt, dass es sich um ein privates Girokonto von Peters handelte: keine regelmäßigen Einzahlungen, wenige Auszahlungen, nur ein geringer Bestand. Als sie die Belege durchsahen, fanden sie eine Überweisung an ein Reisebüro für ei-

nen Flug nach Kaliningrad und einen Brief einer dortigen Bank.
Plötzlich sah sich Boje in die Defensive gedrängt! Er sah, wie seine gute Meinung über den früheren Mitarbeiter begann, rissig zu werden. Zuneigung und Ablehnung wohnen Tür an Tür. Es bedarf nur so wenig, um die eine zu schließen und die andere zu öffnen! Er wurde eifrig: „Das ist mir unerklärlich!“, begann er zu poltern, „Privates hat hier im Büro nichts verloren. Aber auch rein gar nichts! Und Kaliningrad? Ist das nicht das frühere Königsberg? Das müssen Sie mir glauben, Herr Jensen: Das hat nichts mit seinem Dienst zu tun. Davon habe ich nichts gewusst!“
Jensen nickte gedankenverloren mit dem Kopf: „Danke, dass Sie mir bei der Suche geholfen haben. Ich nehme die Unterlagen mit.“

15
Zwischenbilanz

ER HATTE NIEMAND, mit dem er offen reden konnte. Bärbel verstand ihn nicht, wenn er von ‚seinem Gefühl' sprach, das sich so oft als zutreffend herausgestellt hatte. Wenn er ihr seine Informationen und Vermutungen vortrug, sagte sie höchstens, sie könne das nicht so sehen wie er. Und außerdem vermisse sie gelegentlich andere Gefühle bei ihm. Ihre Beurteilung seiner Schilderungen war auch verständlich: Er hatte eine lange Ausbildung in seinem Beruf und inzwischen auch viel Erfahrung; wie sollte da jemand raten können, der andere Dinge im Kopf hat? Sie hatte auch viele Dinge im Kopf, aber eben andere. Aber sie wollte doch teilhaben an seinem Leben, seinem Beruf, sie fragte ihn oft, was er denn so mache und dann nahm er sich einen der aktuellen Fälle und schilderte ihn, auch soweit er glaubte es vertreten zu können in allen verfügbaren Einzelheiten. Zumindest wollte er damit erreichen, dass Bärbel Verständnis, vielleicht sogar Respekt vor seiner Arbeit fände und die Einschränkungen des Privatlebens durch seinen Beruf leichter hinnähme.
Und mit den Kollegen in der Dienststelle und im Team konnte er den Fall auch nicht besprechen. Alle hatten viel zu tun, alle hatten den Kopf voll anderer Dinge. Für die Zeit, die er sich für den ‚Unfall Peters' nahm, mussten sie noch mehr arbeiten. Sie verstanden auch nicht, was ihn an dem Fall so fesselte, obwohl der als Unfall lange zu den erledigten Akten gelegt worden war. Wie hätte er es ihnen erklären sollen? Auch mit ‚seinem Gefühl'?
Außerdem: Jensen war ehrgeizig, strebsam, ‚ein Streber', wie ein Kollege es ausdrückte, als seine Missgunst einen Augenblick Überhand gewann. Jensen war schneller als andere befördert worden, was zu großer Verärgerung ge-

führt hatte, von der man im Alltag nichts mehr wahrnahm, die aber nur unter einer dünnen Decke aus Duldung verborgen war. Die Kollegen missgönnten ihm seinen scharfen analytischen Blick und sein zielstrebiges Handeln. Etwas langsamer komme man doch auch an sein Ziel, wurde ihm gelegentlich vorgehalten. Aber Jensens Ziel war höher, noch weit entfernt, und er war überzeugt, dass er die Zeit nutzen müsse.

War das ein Fall, der ihm auf dem Wege seines Aufstieges helfen würde? Oder würde er aufgeben müssen, eingestehen, dass er sich geirrt habe, dass es sich tatsächlich um einen Unfall gehandelt hatte, dass er kostbare Zeit vertan habe? Es gab Statistiken über Justizirrtümer, aber keine über unbekannt gebliebene Verbrechen. Gäbe er zu früh auf, bliebe vielleicht eine Untat verborgen zwischen dem Schweigen der Wissenden und der Unkenntnis der Übrigen.

Aber es führte kein Weg daran vorbei: Er musste jetzt noch einmal mit dem Chef sprechen. Wie viele Einzelheiten würde er darlegen müssen? Sollte er offen über alles reden oder ein paar Dinge zurückhalten, um seine Aufklärungsarbeit später in einem noch besseren Licht darstellen zu können?

Herbert Stoldt war als Polizeioberrat Leiter der Polizeistelle in Heide. Er war mit seinem bisherigen Berufsweg zufrieden: Jura-Studium, Ausbildung als Referendar, Bewährung im Ministerium, Zuweisung des Dienstpostens in Heide. Wie es weiter gehen würde? Heide war ihm zu klein, zu unbedeutend und von den polizeilichen Anforderungen her zu farblos. Aber was käme danach, in wenigen Jahren? Darüber dachte er nur selten nach. Zunächst galt es, die Statistik deutlich zu verbessern. Seine Aufklärungsquote müsste die Höchste im Land sein!

„Sie kommen wegen der Unfallsache Peters, richtig? Muss das noch sein, Jensen?“ Sie waren fast im gleichen Alter, glichen sich im Eifer und in der Zielstrebigkeit, deshalb hatte Stoldt sich eine persönlichere Anredeform für ihn angewöhnt.
„Ich komme immer mehr zu der Ansicht, dass es kein Unfall war.“
„Meinung oder Fakten?“
„Viele Kleinigkeiten, Herr Stoldt, die nicht in das Bild passen wollen.“ Und er zählte auf: der verdienstvolle Mann, dem Bestechlichkeit und Vorteilsnahme nachgesagt werden; der qualifizierte Mitarbeiter, der sich mit der Aufsichtsbehörde wegen eines polnischen Angebotes anlegt; der solide Mitbürger, der den Frauen nachstellt und deshalb bedroht wird; der für den Deichbau gar nicht zuständige Mitarbeiter des Deichverbandes, der sich so sehr für den Deichbau einsetzt, dass ein unzufriedener Betroffener sagt, er hätte ihn umbringen können; eine verheiratete, undurchschaubare Putzfrau, die noch am Tage des ‚Unfalles‘ Geschlechtsverkehr mit ihm hatte.
„Fakten, Jensen, Fakten!“, forderte Stoldt. „Das kann noch eine zufällige Häufung verdächtig erscheinender Umstände sein. Was wollen Sie in der Sache noch tun?“
Jensen sah ein, dass er auch noch die letzte Karte aufspielen musste: „Peters ist vor knapp drei Jahren nach Kaliningrad gefahren. In seinen Unterlagen habe ich die Rechnung über den Flug und den Brief einer Bank in Kaliningrad gefunden. Der Verbandsvorsteher versichert glaubhaft, dass es sich nicht um eine dienstliche Fahrt gehandelt hat.“
Stoldt lehnte sich in seinem Stuhl zurück. „Jensen, Jensen! Sie wissen doch, dass ohne richterliche Anordnung sichergestellte persönliche Unterlagen vom Gericht nicht anerkannt werden!“ Er sah gedankenverloren aus dem Fenster,

begann laut zu denken, so als spreche er mit sich selbst: „Kaliningrad. Das frühere Königsberg. Ein Teil Russlands. Eine Enklave an der Ostsee.“ Dann blickte er auf, sah Jensen in die Augen: „Und was wollen Sie jetzt tun?“

„Ich muss wissen, was Peters in Kaliningrad gemacht hat.“

„Die Fakten sind so mager, da kann ich Ihnen keine Dienstreise nach Kaliningrad genehmigen. Und für Interpol reicht das nicht.“

Jensen dachte nicht lange nach: „Geben Sie mir Urlaub. Eine Woche!“

Stoldt sah ihn mit großen Augen an: „Urlaub? Na gut, wie sie wollen, ich weiß von nichts.“ Er sah Jensen kopfschüttelnd hinterher, bis sich die Tür hinter ihm schloss.

Wie er das Bärbel beibringen sollte, das wusste Jensen noch nicht.

16
Kaliningrad

WÄRE DER BRIEF aus einer Niederlassung etwa der Bank of Moskow oder zumindest der Olympiyski Bank gekommen, es wäre einleuchtender gewesen. Aber Absender war die Baltica Bank, eine Adresse, die Jensen nicht in Kaliningrad erwartet hätte. Er hatte sich zunächst im Internet vergewissert, dass es diese Bank tatsächlich gab.

Nach seiner Ankunft und der Belegung eines Zimmers in einem Fünf-Sterne-Hotel suchte er die Handelskammer in der Prospekt Mira 49-51 auf, stellte sich vor und bat um Hilfe. Die Handelskammer in Kaliningrad kooperierte mit der Schwester-Kammer in Hamburg und war darauf eingestellt, deutschen Kunden behilflich zu sein. Sie bot ihm einen Wagen mit Fahrer und einen Dolmetscher an, die auf Abruf zu seiner Verfügung stünden. Jener war ein Mann in nicht zu schätzendem mittleren Alter, mit gepflegtem Äußeren, kühlem Blick und distanziertem Verhalten. Sie unterhielten sich eine kurze Zeit, um Auftrag und Terminfragen abzustimmen. Jensen hörte kein Zögern in der Stimme, keinen belehrenden Eifer, keinen Anklang von Neugierde oder Teilnahme. ‚Ein Profi durch und durch', dachte Jensen, ‚wie es mir nur recht sein kann.'

Am anderen Morgen fuhren sie in die Leninskij Prospekt 5 a zur Niederlassung der Baltic Bank. Jensen bat um ein Gespräch mit dem Niederlassungsleiter.

Offensichtlich rege internationale Kontakte des Instituts in dieser stark auf die westliche Geschäftswelt ausgerichteten russischen Exklave zeigten, so empfand es Jensen, auch und ganz besonders hier ihre Spuren. Oder war es die in der russischen Seele eingebrannte Gewohnheit an repräsentativen Pomp der Obrigkeit? Wie im Kreml oder in den russischen Kirchen oder in den Schlössern in St. Petersburg? Jedenfalls hätte das Büro, in das die Besucher nach nur kurzer Wartezeit geführt wurden, jeder westlichen Chef-Etage Ehre eingelegt. Die Einrichtung war von zeitloser Eleganz. Tiefe Ledersessel standen vor den bodentiefen Fenstern um einen niedrigen Tisch aus poliertem Wurzelholz. Auf dem riesigen Schreibtisch standen mehrere Monitore im Halbkreis. Die große Tür, durch die eine Gruppe von Besuchern hätte gleichzeitig schreiten können, schloss sich mit einem leisen Seufzen der ledernen Polsterung. Kein Laut des Straßenverkehrs drang durch die Fenster, die den Blick über den Prospekt in einen großen Park zuließen.

Der Leiter der Niederlassung, Igor Nimskij, war ein Mann etwa Mitte fünfzig. Wenige sorgfältig frisierte Haare umrundeten die kahle Fläche seines Schädels und betonten sein glattes Gesicht und seine aufmerksamen Augen. Offensichtlich benötigte er noch keine Brille. Er trug gepflegte geschäftsmäßige Kleidung (‚Kleiner Wohlstandsbauch: Maßanfertigung?', ging es Jensen kurz durch den Kopf). Mit sicherem und höflichem Auftreten begrüßte er ausgesprochen freundlich ‚den geschätzten Besucher aus Hamburg', wie er zwischen der russisch gesprochenen und von dem Dolmetscher übersetzten Begrüßung stolz in deutschen Worten erklärte. Er bat sie, vor dem Schreibtisch Platz zu nehmen, auf bequemen, ledergepolsterten Stühlen, und ließ von seiner Sekretärin Erfrischungsgetränke servieren, fruchtige Säfte und Mineralwasser.

Jensen bedankte sich für den freundlichen Empfang und das ohne vorherige Anmeldung kurzfristig möglich gewesene Gespräch. „Ich bin Hans Jensen und komme im Auftrag der Familie eines guten Freundes." Er war sich im Klaren darüber, dass sein Ansinnen aussichtslos wäre, wenn Nimskij die Möglichkeit hätte, seine Angaben sehr kurzfristig zu überprüfen. Aber er musste das riskieren.

„Mein Freund ist auf tragische Weise verstorben. Ein Unfall auf der Arbeitsstätte setzte seinem Schaffen ein viel zu frühes Ende.“ Jensen bemühte sich um ein angemessen ernstes Gesicht, während Nimskij ihn aufmerksam musterte, so als ob er auf unpassende Gesten oder Ausdrücke in Mimik und Stimme achte.
„Bei der Sichtung der Hinterlassenschaft meines Freundes haben seine Eltern einen Hinweis darauf gefunden, dass es zwischen dem Verstorbenen und Ihrem Hause eine Beziehung gibt oder zumindest einmal gegeben hat. Das veranlasst die Familie zu der Annahme, dass noch nicht alle Vermögenswerte ermittelt werden konnten. Ich komme in der Hoffnung und mit der großen Bitte der Familie zu Ihnen, uns Hinweise auf die Art der Beziehung zu geben.“
Der Dolmetscher übersetzte, ohne Zögern und ohne den Blick von seinem Glas Wasser zu heben, mit leiser Stimme, ohne die Emotionen in Jensens Worten zu übernehmen.
Igor Nimskij griff nach dem Brief, den Jensen aus seiner Tasche genommen hatte.
„Übermitteln Sie bitte der Familie mein außerordentliches Bedauern zu dem Unheil, das Ihren Freund getroffen hat.“ Nimskij stammte aus einer alten russischen Familie und hatte die ‚weiche Seele‘ geerbt, die empfindsam für Gefühle war und gelegentlich mit einem Schwall von Verständnis reagierte. Er senkte den Blick, dachte kurz an seine eigene Familie. An den Sohn, dessen Laufbahn bei der Kriegsmarine durch den weltweiten Ausbruch von Friedfertigkeit gebremst worden war. An die Tochter, die mit ihrer Familie mit den beiden Enkeln weit im Osten lebte, wo sie in den großen sibirischen Steppen bei der Suche nach Erdgas und Erdöl half. Wie wäre es, einen von ihnen zu verlieren? Sie lebten zwar in der Ferne, aber sie blieben erreichbar. Auch wenn es ein großer Aufwand war, den

Sohn am nördlichen Eismeer, die Tochter in der Weite Sibiriens aufzusuchen.
„Sie werden verstehen“, appellierte Nimskij an die Einsicht des Besuchers, „dass ich Ihnen leider nicht helfen kann, was ich zutiefst bedauere. Wesentliche Grundlagen des Vertrauens der Kundschaft in unsere Arbeit sind absolute Vertraulichkeit und eine uneingeschränkte Wahrung des Bankgeheimnisses, das Sie ja von Ihren Instituten her kennen.“ Nimskij hatte trotzdem inzwischen begonnen, die Tastatur seines Computers zu bearbeiten.
„Ahh, ja, dachte ich es mir doch!“ Nimskij hatte etwas gefunden. „Der Mitarbeiter, der diesen Brief an Ihren Freund geschrieben hatte, arbeitet nicht mehr für uns.“
Enttäuschung ergriff Jensen. Wäre das die Ausrede, mit der Nimskij die Verweigerung jeder weiterer Auskunft begründen würde?
„Sehen Sie, Herr Jensen“, fuhr Nimskij nach kurzem Nachdenken, so als ob er zu einem Entschluss gekommen sei, fort. „Wir sind ein seriöses Institut. Wir nehmen unsere Pflichten sehr ernst. Das gilt sowohl gegenüber den Kunden als auch gegenüber unserem Staat. Unser Staat kann nur für seine Bürger und die Entwicklung der Wirtschaft sorgen, wenn er erhält, was ihm zusteht. Der Mitarbeiter hatte zahlreiche Kontakte in das Ausland und half uneinsichtigen Bürgern, ihr Geld dem Zugriff des Staates zu entziehen. Dadurch sind ganz erhebliche Mengen Geldes in das Ausland abgeflossen, auch zum Schaden unseres Hauses. Ob das auch im Auftrag des Verstorbenen geschehen ist, kann ich leider nicht feststellen. Wir mussten uns deshalb von dem Mitarbeiter trennen.“
Jensen wollte noch nicht aufgeben: „Wenn das Unglück eine Familie trifft, dann oft gleich in mehrfacher Weise. Durch den Tod des Sohnes ist nicht nur eine notwendige Stütze des elterlichen Betriebes und der Familie verloren.

Wenn nicht alle Vermögenswerte aufgefunden werden können, verhindert das eine mögliche finanzielle Rettung des elterlichen Betriebes, der auch wegen der Turbulenzen nach dem Tod des Sohnes vor dem Zusammenbruch steht. Wenn Sie, verehrter Herr Nimskij, Derartiges schon einmal erlebt haben sollten, dann wissen Sie, in welcher Notlage sich die Familie jetzt befindet."

„Ich habe volles Verständnis für die Lage, auch für die Ihrige als Freund der Familie." Nimskij bearbeitete wieder die Tastatur des Computers. „Aber trotzdem: Ich würde den ehrenhaften Ruf dieses Hauses beschädigen, wenn ich mit Ihnen über Einzelheiten, so sich noch welche ermitteln ließen, sprechen würde. Bitte haben Sie auch für meine Lage Verständnis."

Das war das Aus! Jensen fielen keine weiteren Gründe für einen erneuten Appell an die Solidarität mit dem früheren Kunden ein.

Eine Sekretärin hatte die Bürotür leise geöffnet und Nimskij Zeichen gegeben. Nimskij stand mit einer gemurmelten Entschuldigung auf und verließ das Büro.

Mit dem kaum hörbaren Schnappen der Tür im Schloss erhob sich Jensen, einer plötzlichen Eingebung, einer geringen Hoffnung folgend. Er umrundete den Schreibtisch, um einen schnellen Blick auf den Bildschirm des Computers werfen zu können. In einem ungewohnten Vordruck und zwischen kyrillischen Schriftzeichen fand er eine Überweisung an die Zurich Bank International Ltd. in Douglas/ Insel Man über acht Millionen Rubel zugunsten von Jan Uwe Peters!

Jensen glaubte, eine Welle schlage über seinem Kopf zusammen! ‚Also doch!!!' war der einzige Gedanke, der Platz fand. Verwirrt, tief in Gedanken, setzte er sich wortlos wieder an seinen Platz. Der Dolmetscher hatte seine Augen nicht von dem Glas Wasser auf dem Tisch gelöst.

Nimskij kam zurück, mit einer Akte unter dem Arm, und entschuldigte sich: „Verzeihen Sie mir meine Abwesenheit. Aber verstehen Sie bitte: Eine dringende Angelegenheit erforderte eine kurze Stellungnahme." Jensen nickte wortlos mit dem Kopf. „Ich bedauere zutiefst, Ihnen nicht mehr … sagen … zu können. Erklären Sie der Familie noch einmal meine tiefste Anteilnahme. Ich wünsche Ihnen noch einen guten Aufenthalt in unserer schönen, sehenswerten Stadt."

Es wurde Jensen erst viel später bewusst, auf dem Rückflug, als er sich das Gespräch und die Ausdrucksweise Nimskijs noch einmal in Erinnerung rief, dass Nimskij das Wort ‚sagen' so besonders betont hatte. Jetzt aber bedankte er sich: „Wir leben alle unter den Zwängen unseres Berufes. Jedenfalls danke ich Ihnen herzlich für Ihre Anteilnahme und Ihr Verständnis und für die viele Zeit, die Sie sich für mich genommen haben!"

Jensen bat den Fahrer, ihn zum Hotel zurückzubringen. Sie fuhren durch den dichten Verkehr der Mittagszeit, bis der Übersetzer, so kühl und unbeteiligt er bisher sich verhalten hatte, fragte: „Darf ich mir eine persönliche Bemerkung erlauben?"

Jensen schreckte aus seinen Gedanken hoch: „Natürlich! Ich bitte Sie darum!"

Der Mann hatte die Glasscheibe zum Fahrer hin geschlossen. Er räusperte sich, so als ob persönliche Bemerkungen nicht zu seiner alltäglichen Arbeit gehörten: „Sie befinden sich in einem Land, das Sie nicht gegen den Willen der Obrigkeit verlassen können. Ich habe Grund, anzunehmen," er zeigte auf seine beiden Ohren, „dass Ihr Anliegen nicht allen Beteiligten gefallen wird. Es ist denkbar, dass der Direktor sofort das Ereignis weiter gemeldet hat. Es wäre empfehlenswert, dass Sie das Land verlassen haben, bevor offizielle Stellen reagieren können, was in unserem Land oft sehr schnell geht. Wenn Sie es also wünschen sollten, fahren Sie zum Flugplatz und ich kümmere mich morgen um Ihre Hotel-Buchung.“

Jensen nahm den Nachmittags-Flug nach Hamburg und verzichtete auf eine Besichtigung der vielen Sehenswürdigkeiten in der Stadt.

17
Bedenkzeit

JENSEN SASS STOLDT in dessen Büro gegenüber und berichtete über die neuen Erkenntnisse. Dabei vergaß er nicht, zu betonen, dass er sich als Freund der Familie und nicht als Beamter der Kriminalpolizei ausgegeben habe.
„Das wäre in der Tat ein überraschendes Ergebnis Ihrer Reise, wenn es zuträfe! Und ein Irrtum ist ausgeschlossen? Was legen wir dem Gericht vor? Haben Sie einen Beweis für das Gesehene?"
Jensen ärgerte sich ein wenig über den geäußerten Zweifel. ‚Wenn …'! Es traf zu! Und Stoldt dürfte ihn so genau kennen, dass diese Bemerkung nicht angebracht war.
„Nein, ich habe keine vorlegbaren Beweise. Aber ich weiß, was ich gesehen habe. Die Vorlage auf dem Bildschirm war natürlich russisch geschrieben, aber Name, Betrag und Zielort waren eindeutig zu erkennen. Sogar in der Kürze der Zeit."
Stoldt schien einzulenken, seinem Ermittler zu glauben.
„Möglichkeit eins, Jensen: Nehmen wir an, es war eine Finte, in der Eile für das Gespräch produziert. Sie sagten, Nimskij, richtig? So hieß er doch? Treffender Name für einen Banker! Also: Sie sagten, Nimskij habe eifrig die Tastatur seines Computers benutzt. Er produziert auf den Bildschirm einen Datensatz und verlässt das Büro, damit Sie sich das ansehen können. Warum?"
„Um mich loszuwerden? Nicht erforderlich, ich war ohnehin im Begriff, wegen Erfolglosigkeit das Gespräch zu beenden."
„Vielleicht um Sie auf eine falsche Spur zu lenken?"
„Sie meinen: Insel Man, und dort weiß niemand etwas? Aber Nimskij ist mich gut losgeworden?"

„Ja, so ähnlich, Jensen. Oder: Er brauchte die Zeit, um jemand anzurufen oder anrufen zu lassen. Der Dolmetscher hatte Sie doch im Auto gewarnt.“
„Das würde bedeuten, dass die Angelegenheit zutreffend ist, dass es noch Leute im Hintergrund gibt, die aber nicht bekannt werden dürfen. Dann wären wir auf einen ‚dicken Hund‘ gestoßen!“
„Nehmen wir Möglichkeit zwei: Er lässt Sie in den Computer sehen, damit er Zeit für ein Telefongespräch bekommt, aber nur ein Teil davon stimmt, der andere Teil ist von Nimskij geändert worden. Der Name, der Betrag, die Zielbank.“
„Warum sollte er gefälschte Daten einsehen lassen? Um den Weg des Geldes zu tarnen? Um die Höhe des Betrages zu verschleiern? Wären dann die verschleierten Tatsachen vielleicht noch schlimmer?“
„Möglichkeit drei: Der Datensatz ist authentisch. Warum zeigt er Ihnen die Information?“
Jensen war ganz nachdenklich geworden: „Vielleicht aus Mitleid? Ich habe mehrfach an sein Mitgefühl als Familienvater appelliert. Und er betonte zum Schluss ganz auffällig, dass er mir leider nicht mehr SAGEN kann. Sagen konnte er es mir nicht, aber er hat es mir gezeigt.“
„Fassen wir zusammen:“, schlug Stoldt vor, als ihm keine weiteren Möglichkeiten mehr in den Sinn kamen. „Was ergibt sich bei eins, zwei oder drei? Bei allen drei Möglichkeiten übereinstimmend: Peters war bei der Bank in Kaliningrad bekannt, das kann als gesichert angenommen werden; es ging um viel Geld, um acht Millionen Rubel, möglicherweise um noch mehr; das Geld wurde zugunsten von Peters aus Russland in das Ausland verbracht. Was sagt uns das?“
Jensen rechnete: „Acht Millionen Rubel, das sind knapp zweihunderttausend Euro! Das ist mehr als nur eine Rück-

vergütung aus einer Urlaubsreise. Für mich sieht das nach Bestechung aus."

„Aber wozu, Jensen? Warum wird jemand in Russland bestochen?"

„Boje, der Deichgraf, sprach über einen polnischen Bieter bei der Ausschreibung", erinnerte Jensen sich.

„Polen? Russland? Ich kann da noch keinen Zusammenhang sehen", grübelte Stoldt. „Und ich sehe auch noch nicht, dass das mit dem Unfall zusammenhängt."

„Dann wäre es kein Unfall, sondern Mord!", brachte Jensen vor. „Das würde viel Staub aufwirbeln! Können wir mit der dürftigen Beweislage mit der Staatsanwaltschaft, mit dem Innenministerium oder mit dem Küstenschutz reden?"

Und eine weitere Frage ging Jensen durch den Kopf: Peters war tot. Solle man die Sache überhaupt weiter verfolgen, gegen einen Toten ermitteln? Gab es überhaupt noch ein Aufklärungsinteresse? Sicherlich nicht wegen des Verdachtes der passiven Bestechung. Aber wenn es kein Unfall, sondern ein Mord war, dann käme man nur auf diesem Wege zum Täter.

Stoldt gab die Richtung vor: „Wir ermitteln weiter, da es möglicherweise kein Unfall war. Jensen, Sie werden von allen anderen Arbeiten freigestellt. Bedingung: Sie informieren mich vorher und arbeiten ‚auf kleiner Flamme', ohne Staatsanwaltschaft, ich will keine Beschwerden bekommen!"

Die Zufriedenheit mischte sich mit Unsicherheit: Sein Gefühl hatte ihn einen großen Schritt weitergebracht, aber wie könnte es weiter gehen? Vielleicht war er einer großen Sache auf die Spur gekommen, Bestechung und Mord, aber es gab nur wenige Indizien und die Zeit verrann!

18
Magda

WO KÖNNTE ER mit weiteren Ermittlungen ansetzen? Er ging erneut die Liste der für ihn Verdächtigen durch. Roman P. hatte mehr Fragen als Antworten hinterlassen. Aber die Fakten gaben bisher nicht viel her. Ein polnischer Anbieter für die Deicharbeiten, vorher viel Geld aus Russland, ein arbeitsloser, aus Polen stammender Mitbürger in neuer Kleidung, dessen Frau am Tag des Unfalles Geschlechtsverkehr mit dem Verstorbenen hatte. Gab es einen Zusammenhang? Jensen fuhr nach Oldenhusen. Vielleicht könnte er Roman P. aus der Reserve locken!
Er klingelte und Magda öffnete die Wohnungstür. „Guten Tag!“, grüßte Jensen, „Kann ich Roman sprechen?“ Sie sah ungepflegt aus, so als sei sie gerade vom Schlaf erwacht. Sie trug eine alte Trainingshose und ein unförmiges Shirt. Ihre Haare waren ungeordnet.
„Roman? Roman ist nicht da. Ist verreist.“ Mit gelangweilter, müde klingender Stimme antwortete Magda und wollte gleich wieder die Tür schließen.
„Was heißt ‚verreist‘: Wohin? Wann kommt er zurück?“
„Weiß nicht. Er ist schon seit ein paar Tagen weg. Das macht er öfter mal. Hat mein gesamtes Geld genommen und sich Kleidung gekauft. Hat wohl irgendwo Arbeit bekommen.“
Jensen versuchte, Magda einzuschüchtern: „Und wer bezahlt ihm die Fahrtkosten? Die Agentur für Arbeit, dann kann ich ja da nachfragen.“
„Ach die, die doch nicht!“ Magda schien schlechte Erfahrungen gemacht zu haben. „Das zahlt dann immer der Auftraggeber.“
„Und wie lange dauert das diesmal? Wann kommt er zurück? Kann ich ihn irgendwie erreichen?“

„Nein, Roman hat kein Handy, den erreichen Sie nicht. Wie lange das dauert, das weiß ich vorher nie. Vielleicht bis morgen, vielleicht bis nächste Woche. Das weiß man bei ihm nie im Voraus. Was wollen Sie denn von ihm?"
Magda wusste, dass Jensen bei der Kriminalpolizei war, und das machte sie besonders misstrauisch. Und außerdem: Alle im Haus konnten das Gespräch im Treppenhaus hören! „Kommen Sie doch rein!", lud sie Jensen in die Wohnung ein und ging voraus in das Wohnzimmer. Sie setzten sich, den flachen länglichen Tisch wie einen Burggraben zwischen sich. Jensen hatte für sich den Sessel vor dem Fenster gewählt: Mit dem Licht im Rücken konnte er Magda besser beobachten.
„Magda, Sie wissen, dass ich die Geldbörse Ihres Mannes gefunden habe. Können Sie sich vorstellen, wann und wo er die verloren hat?"
„Nein. Vielleicht hat man sie ihm geklaut, es gibt viele schlechte Menschen in der Stadt. Wo haben Sie sie denn gefunden?"
Jensen überging die Frage. „Kennt Roman die Deichbaustelle? War er einmal mit Ihnen dort?"
„Ja, die kennt er gut. Sehr gut sogar. Er hat ja schon zweimal dort gearbeitet!"
„Warum arbeitet er denn nicht ständig, zum Beispiel auf der Deichbaustelle. Da ist doch noch für ein ganzes Jahr Arbeit."
Magda machte eine vage Geste, wollte sie ihn entschuldigen oder verstand sie ihn selber nicht? „Bei Leuten seines Schlages ist das so. Nie mehr tun als unbedingt nötig ist. Und vor allen Dingen nicht, wenn genug Geld da ist. Ich arbeite ja auch. Wir brauchen nicht so viel."
Jensen wechselte das Thema: „Ich habe gehört, Roman verprügelt Sie. Wie ist das Verhältnis zwischen Ihnen beiden?"

„Ach, er ist ein wilder Bursche, ganz anders als die deutschen Männer. Wenn er trinkt, gibt es oft Streit. Wenn er nicht trinkt, sitzt er stundenlang am Deich und blickt auf das Wasser. Und wenn er Geld hat, gibt er es mit vollen Händen aus, so als wolle er ein Fest feiern. Er ist eben von auswärts, aus Polen, nicht von hier und nicht hier zu Hause. Er will auch wieder weg. Hat er mir gesagt. Aber ich will nicht mit ihm gehen. Ich will hier bleiben."

„Wenn Roman weggehen will: Weiß er, dass Sie mit Peters Sex hatten? Ist er darüber wütend?"

Magda lachte auf: „Wegen dem Sex? Das stört ihn doch nicht. Da bleibt immer noch genug für ihn übrig!"

„Und wenn es ihn doch störte: Kann er auf der Baustelle gewesen und Ihnen zugesehen haben? Kann er Peters im Zorn in die Baugrube gestoßen haben?"

„Na hören Sie mal!", begehrte Magda auf. „Ist das ein Verhör? Das war doch ein Unfall. Was sind das denn für Fragen?"

Jensen hakte nach: „Wo war Roman in der betreffenden Nacht?"

Magda wurde böse, laut: „Das war doch ein Unfall! Da ist es doch egal, ob er zu Hause, in der Kneipe oder bei einer Nutte war!"

Magda hatte sich in Zorn geredet. Sie saß auf der vorderen Kante ihres Sessels, als wolle sie jeden Moment aufspringen. Ihre Wangen glühten. Jetzt brauchte Jensen keine Rücksicht mehr zu nehmen: „Roman ist wütend geworden, als ich ihn kürzlich gefragt habe, ob ich mit Ihnen reden kann. Weiß er etwas? Haben Sie Peters in die Baugrube gestoßen?" Und dann säte er vorsichtig einen üblen Verdacht: „Und Roman will Sie verlassen? Vielleicht sollen wir deshalb glauben, Sie hätten Peters umgebracht! Dann wäre er frei."

Magda war auf dem Sessel zusammengesunken, ihr Zorn war verflogen, sie atmete schwer: „Was sagen Sie da? Ich soll ihn …?“

Jensen legte ihr eine Karte mit einer Telefonnummer auf den Tisch. „Überlegen Sie sich genau, was Sie tun werden! Wenn Sie mir etwas zu sagen haben, rufen Sie diese Nummer an und sagen Sie einfach, was Sie wollen. Es meldet sich dort niemand, aber Ihre Stimme wird elektronisch aufgezeichnet. Ich an Ihrer Stelle würde möglichst bald die Wahrheit sagen!“

Dann verließ er ohne schlechtes Gewissen die Wohnung.

19
Wissen und Unwissen

JENSEN AHNTE: ER war einer großen Sache auf der Spur, er hatte aber sozusagen nur die Spitze eines Eisberges entdeckt. Und er hatte von seinem Chef freie Hand bekommen. Er würde nicht warten, bis Roman P. wieder in Oldenhusen wäre oder Magda sich melden würde. Wo könnte er jetzt weiter ermitteln?

Wenn es eine Bestechung des Deichbaumeisters aus dem russischen Raum gegeben hatte, dann mussten sich weitere Hinweise hierfür finden lassen. Jensen war inzwischen davon überzeugt, dass diese Vermutung zutraf. Bei der Höhe des Bestechungsgeldes konnte es nicht um Kleinigkeiten gegangen sein. Aber es gab nur die Baumaßnahmen am Deich, mit denen Peters zu tun hatte. Er sah aber noch keinen Zusammenhang zwischen einer Bestechung und dem Ereignis, dass Peters das Leben gekostet hatte. Verlor er die Ermittlungen in einem mutmaßlichen Mordfall nicht aus den Augen, wenn sich seine Aufmerksamkeit jetzt stärker auf den Verdacht der passiven Bestechung richtete? Er entschloss sich, trotzdem der Angelegenheit nachzugehen.

Jensen bat telefonisch um ein informelles Gespräch mit der zuständigen Sachbearbeiterin in dem Landesamt, das die Aufträge für die Deichbauarbeiten vergeben hatte, und fuhr zu der Landesdienststelle in Kiel. Entweder gab es hier für ihn Hinweise, oder diese Richtung seiner Ermittlungen ließe sich endgültig ausschließen.

Regierungsrätin Rosemarie Schneider war eine Frau etwa Anfang dreißig, sportlich-salopp gekleidet, eine Vertreterin der jungen Ministerialbürokratie, die sich dem früheren Zwang geschäftsordnungsmäßiger Kleidung entzogen hatte. Eine wilde Flut fast schwarzer Locken umrahmte ihr blasses Gesicht. Sie trug eine Brille mit einer breiten Fassung in einer zum Haar passenden dunklen Farbe. Ihre Augenbrauen waren zu einem schmalen Strich gezupft und verschwanden trotz nachgezogener Konturen fast völlig hinter der Umrandung der Brillengläser. Ihre Wangen und die hohe Stirn waren als Kontrast zu ihrer Haarfarbe blass gepudert. Sie trug einen Lippenstift in der Farbe passend zu ihrem Shirt, in dem herbstliche Farben dominierten. Ihr Büro lag im Ostflügel des Bürogebäudes, mit einem herrlichen Blick hinaus auf das Wasser der Förde. „Wie kann man sich bei dieser Aussicht auf die Arbeit konzentrieren?“, eröffnete Jensen das Gespräch, nachdem sie sich begrüßt und bekannt gemacht hatten. Er dachte kurz an den Blick aus seinem Bürofenster. Das dreigeschossige Gebäude lag zwischen Markt und Husumer Straße. Aber er sah nicht den großen Marktplatz, angeblich den größten in Deutschland, mit seinem regen Getriebe, er blickte in mehr oder weniger geordnete Hinterhöfe der Nachbarn. Er sah kaum noch hinaus.

„Man kann“, sagte sie abweisend und wiederholte wie zum Angriff seine Worte. „Das ist eine Frage der Konzentration und der Arbeitsmoral“, belehrte sie ihn, um dann einzulenken: „Am Anfang lenkt es ab. Aber inzwischen sehe ich noch nicht einmal nach draußen, wenn die großen Fährschiffe einlaufen.“ Sie wusste genau, dass die großen Fährschiffe die Leute aus dem Binnenland beeindruckten. Und so schätzte sie ihn ein: ein Land-Ei, das seine Fragen für wichtig hielt.

Jensen spürte ihre unverdiente Ablehnung. Er hatte doch um dieses Gespräch gebeten, sie hatte ihm den Termin zugesagt, warum also behandelte sie ihn so schroff? Aber er sah die Aktenberge auf ihrem Schreibtisch und bemühte sich, zu dem Anlass seines Besuches zu kommen: „Ich danke Ihnen für die Gelegenheit zu unserem Gespräch. Wie ich Ihnen bereits am Telefon sagte: Ich habe ein paar

Fragen im Zusammenhang mit den Deichbauarbeiten in Oldenhusen."
Er glaubte, in ihrem Gesicht unterschiedliche Reaktionen zu erkennen. Ablehnung, wobei er sich fragte, ob sie ihm oder Peters galt. Erschrecken, als sie sich der zurückliegenden Todesnachricht bewusst wurde. Und ganz kurz so etwas wie Zufriedenheit, Selbstsicherheit. Sie antwortete höflich, aber tat uninteressiert: „Schrecklich, der Unfall. Ich habe davon gehört. Die Berufsgenossenschaft hatte Unterlagen von uns angefordert. So etwas passiert zum Glück nur ganz selten. Trotzdem: Hätte man vielleicht doch verhindern können. Was machte der Deichbaumeister auch in der Dunkelheit auf dem Deich? Ich kannte ihn natürlich persönlich, wie man so von hier aus die Leute vor Ort kennt. Galt als gründlicher, umsichtiger Mann. Es ist mir rätselhaft, wie ihm so etwas passieren konnte."
„Sie glauben also, man hätte das verhindern können?"
Regierungsrätin Schneider lehnte sich in ihrem Sessel zurück, sah Jensen prüfend über den oberen Rand ihrer Brille an: „Naja, hier haben wir keine Anhaltspunkte, dass etwas Wichtiges versäumt worden wäre. Und alles Notwendige für so umfangreiche Bauarbeiten wird von uns ohnehin angeordnet. Es wird kontrolliert und muss im Bautagebuch dokumentiert werden. Aber geht es Ihnen bei Ihren Fällen nicht auch oft so, dass Sie später denken, man hätte es, was auch immer, verhindern können, wenn ...? Ja, und über das ‚wenn' denken wir natürlich auch nach, so grundsätzlich, für andere Baumaßnahmen. Dass ausgerechnet Peters so etwas passieren konnte, einem Mann, der von seiner Gründlichkeit so sehr überzeugt war, ist nicht zu verstehen. Aber welchen Grund hat die Kriminalpolizei, in dieser Unfallsache zu ermitteln?"
Jensen überging das aufkommende Gefühl, eine negative Einschätzung in ihrer Äußerung gehört zu haben. Er schüt-

telte verneinend den Kopf: „Ach, es sind eigentlich keine Ermittlungen. Es gibt keinen ausreichenden Verdacht, die Unfall-Theorie anzuzweifeln. Nur so ein paar Kleinigkeiten, die mir nicht so recht in das Bild passen wollen.“
Frau Schneider richtete sich hinter ihrem Schreibtisch auf, legte die Unterarme auf die Schreibunterlage.
„Also haben Sie keinen Ermittlungsauftrag und keine richterliche Durchsuchungsanordnung?“
Jensen fühlte ihren Widerstand gegen seine Wünsche wachsen, versuchte deshalb, zu beschwichtigen: „Nein, nichts Offizielles. Nur die Billigung meines Chefs. Und ein Gefühl, wie es die Erfahrung mit sich bringt. Deshalb habe ich ein paar Fragen, um mich zu überzeugen, dass es in diesem Fall tatsächlich keinen Grund für beunruhigende Gefühle gib.“
„Sie werden verstehen, Herr Jensen, dass ich Ihnen da nicht viel sagen darf und kann. Die Abrechnung liegt ja auch noch in weiter Ferne und die Bauüberwachung erfolgt nicht durch uns im Landesamt.“
„Mich interessieren mehr die Ausschreibung und die Auftragsvergabe. Und beides wurde doch hier in Ihrer Dienststelle bearbeitet?“
Hatte er einen wunden Punkt getroffen? Regierungsrätin Schneider schüttelte unwillig mit dem Kopf, ohne dabei die nicht erkennbare Ordnung in ihrer Frisur zu beeinträchtigen: „Das war schwierig und mehr als ärgerlich. Ich habe schon viele Aufträge vergeben, aber für diese beiden haben wir umfangreiche Ermittlungen anstellen müssen. Und Herr Peters hat es uns wirklich nicht leicht gemacht. Obwohl er immer wieder behauptet hat, an einem baldigen Baubeginn interessiert zu sein.“
„Was war so schwierig und ungewöhnlich daran? Darf ich die Unterlagen einsehen? Dann brauchte ich nicht so viel

Ihrer Zeit in Anspruch zu nehmen und könnte Sie lediglich um Erklärungen zu einzelnen Fragen bitten."

„So geht das nicht, Herr Jensen", lehnte sie fast patzig ab. „Ich erkläre es Ihnen. Beide Aufträge wurden natürlich öffentlich ausgeschrieben, europaweit, wie es gesetzlich so geregelt ist. Polen ist seit 2004 Mitglied der Europäischen Union. Wir bekamen Angebote und Alternativen auch aus Polen vorgelegt. Sie waren in allen Fällen ganz erheblich niedriger als alle anderen Angebote."

Jensens Interesse war erwacht: „Das ist doch sehr günstig! Freut man sich dann nicht?"

„Nein!", sagte Schneider in strengem, belehrendem Ton. „Wir mussten die Angebote ja bewerten, ob sie mit dem niedrigen Preis auch wirtschaftlich wären. Da gibt es gesetzliche Vorschriften, die zu beachten sind. Das war schwierig."

„Also gibt es Gründe, einen teureren Anbieter auszuwählen. Und danach haben Sie gesucht?"

„Nein, Sie verstehen das schon wieder falsch. Wir haben nach den Schwächen der polnischen Angebote gesucht. Uns fiel auf, und das war eigentlich später der Haupt-Grund, dass einzelne Positionen nicht marktgerecht kalkuliert waren. Das ist im Rahmen der Gesamtkalkulation auch zulässig. Nur die Begründung war falsch: Man würde russische Arbeiter einsetzen. Wir dürfen natürlich nur Firmen zulassen, die unser Tarifrecht einhalten."

„Ahh, jetzt verstehe ich: Mit dieser falschen Begründung hatten die Polen sich selber abgeschossen."

„Naja, damit noch nicht alleine. Es ging auch um deren fehlende Bewährung auf dem deutschen Markt, um Qualität und Garantien und Gewährleistung. Dazu kam, dass der Deichbaumeister vehement für die Vergabe an die polnischen Anbieter kämpfte und nicht über unsere Gegenargumente mit sich reden ließ. Zum Schluss drohte er, die Sa-

che vor den Vergabeausschuss der Landesregierung zu bringen."
„Oho, ist das üblich, dass man sich gegenseitig solchen Ärger bereitet?"
„Nein, das habe ich noch nie erlebt und ihm persönlich auch sehr übel genommen. Wir leisten hier einwandfreie Arbeit, auch wenn sie fachtechnisch und rechtlich noch so schwierig ist. Im Zweifel diskutieren wir das bis ins Ministerium hinauf. Peters glaubte, uns wie dumme Kinder behandeln zu müssen. Als ob er alleine alles besser wisse. Hoffentlich glauben Sie jetzt nicht, dass ich ihn deshalb umgebracht habe. Nein, Scherz beiseite: Als ich ihm gesagt habe, ich würde meinem Vorgesetzten vorschlagen, die gesamte Ausschreibung aufzuheben mit der Folge, dass auch die Finanzierungsmittel für die nächsten Jahre auf andere Maßnahmen umgeschichtet würden, hat er seinen Widerstand im Interesse der Sache aufgegeben. Nicht aus Überzeugung, sondern, wie er sich ausdrückte, ‚weil sich die Westküste mal wieder der Uneinsichtigkeit der Ostküste beugen müsse'. Ich hoffe, Herr Jensen, Sie verstehen, dass das Verhältnis seither sehr angespannt war."
„Haben Sie eine Vermutung, warum Peters sich so für die polnischen Angebote ins Zeug legte?"
Regierungsrätin Schneider zögerte. Ihre Augen irrten kurz ab, als ob sie in eine frühere Situation zurückblicke. „Er bezweifelte gleich zu Beginn meine fachliche Kompetenz. Aber unsere rechtliche Einschätzung war klar, begründet und mit der Amtsleitung abgesprochen."
Jensen fuhr nach dem Gespräch tief in Gedanken versunken nach Hause.
Würde das Finanzamt etwas über seinen Reichtum wissen? Hatte Peters, der ihm als korrekter Mann geschildert worden war, den Zufluss des Geldes dort eingeräumt, und wenn vielleicht auch nur in den Sachverhalt tarnenden

Teilbeträgen? Am folgenden Morgen bat er im Finanzamt Dithmarschen um ein Gespräch.
Leiter des Sachgebietes Einkommensteuer war Erwin Emich, neunundvierzig Jahre alt, etwas untersetzt, Halbglatze. Er wurde von den Mitarbeitern trotz seiner ständigen Appelle, effektiver zu arbeiten, akzeptiert. Wenn seine Freunde ihn um einen kleinen Tipp für die nächste Steuererklärung baten, ernsthafter formuliert als gemeint, konnte es passieren, dass er ihnen einen Abdruck der Lohnsteuerdurchführungsverordnung schicken ließ. Emich war ein korrekter Mann.
Sie kannten sich seit mehreren Jahren, und der Ältere hatte dem Jüngeren irgendwann das ‚Du' angeboten. „Wir sitzen doch im selben Boot", hatte Erwin erklärt. „Manchmal denke ich, ich werde zwischen den von oben angeordneten Personaleinsparungen und dem Beharrungsvermögen der Mitarbeiter zerrieben." Das kam Hans Jensen bekannt vor. Erwin Emich prüfte auf dem Bildschirm ein paar Sequenzen aus einer DVD mit Angaben über Steuervergehen, die das Finanzministerium von Nordrhein-Westphalen aufgekauft hatte. „Ist etwas von der Insel Man dabei?", fragte Hans. Er war froh, einen unverfänglichen Einstieg in sein Thema gefunden zu haben. Ihre informellen Gespräche halfen mal dem einen, mal dem anderen, sie waren sich aber stets der Grenzen ihrer jeweiligen Dienstgeheimnisse bewusst.
„Insel Man?", fragte Erwin zurück. „Nein. Ist nicht dabei. Die Bürokratie dort kriegst du einfach nicht in den Griff. Aber spucke es ruhig aus: Um wen geht es dir?"
Nach einer halben Stunde fasste Hans die vorsichtigen, vagen Informationen zusammen: „Fünf Jahre, sagtest du. Keine überproportionalen Sprünge in der Entwicklung des erklärten Einkommens. Keine Kapitalerträge über dem

Freibetrag. Keine Informationen nach dem Transparenzabkommen. Alles ganz normal.“

Nach ein paar persönlichen Sätzen verabschiedete Hans sich von Erwin. So hatte er es sich bereits vorher gedacht. Das Geld war verschwiegen worden. Wer die Hand aufhielt, der verschloss den Mund.

20
Danzig

EIN ÄHNLICH UNBEFRIEDIGENDES Ergebnis, wenn auch aus anderen Gründen, hatte bereits vor ein paar Wochen, ausgangs des Winters, ein Gespräch in Danzig. Jensen würde nie etwas über das Gespräch erfahren, er kämpfte lediglich mit seinen Auswirkungen.

In einem vormals zur Werft gehörenden Lagergebäude auf der rechten Straßenseite unmittelbar hinter der Einmündung der Gazownicza in die Lagiewniki hatte ein neu gegründetes Tiefbauunternehmen Büro, Werkstätten und Maschinenhalle eingerichtet. Eigentlich handelte es sich nur indirekt um eine polnische Neugründung im Zuge der Vitalisierung der Volkswirtschaft durch den Beitritt des Landes zur Europäischen Union. Es war ein gemeinsames Tochterunternehmen von zwei russischen Firmen, die auf diese Weise Zutritt zu dem für sie wegen des höheren Preisniveaus interessanten westeuropäischen Markt nehmen wollten.

Geschäftsführer war ein Mann mittleren Alters, den man eher in einer Bank oder einem Versicherungsbüro erwartet hätte: gepflegte Kleidung, konzentriertes Verhalten, Entschlussfreudigkeit versprühend. Urban Prosky, Maschinenbauingenieur, war vorher Sektionsleiter in der Werft. Er hatte knapp zwanzig Jahre Berufserfahrung im Schiffbau gesammelt und sah nur allzu deutlich die Schwierigkeiten für die Werften auf dem internationalisierten Markt gegenüber der Konkurrenz in Südostasien. Das galt in besonderem Maße auch für die Werften in Danzig, die ehemals zum großen Teil durch sowjetischen Anforderungen ausgelastet waren. Als die russischen Kaufleute die Lagerhalle mieten wollten und mit ihm zufällig ins Gespräch kamen und ihn fragten, ob es nicht eine für ihn lohnende

Aufgabe sei, ein junges Unternehmen zum Erfolg zu führen, nahm er die neue Aufgabe freudig an.
Die Bezahlung war besser als vorher bei der Werft, die auf allen Wegen Kosten einzusparen versuchte, und er bekam von den Partnern weitgehend freie Hand. Zudem stand ihm genug Geld zur Verfügung, um die für den Betrieb notwendigen Maschinen zu beschaffen. Was also wollte er mehr, um in den nächsten zwanzig Jahren für den Lebensabend vorzusorgen? In der Phase wirtschaftlichen Aufschwunges gelang es ihm schnell, mit guten Erträgen den Tätigkeitsbereich weit über Danzig hinaus auszudehnen. Er hatte Erfolg und seine Partner waren mit Urban Prosky zufrieden.
Es war eine von Urban Proskys kreativen Ideen gewesen: Sie bildeten einen Arbeitsschwerpunkt „Küstenschutz und Wasserbau". Die meisten Länder hätten nur eine völlig unzureichende oder zumindest marode Absicherung ihrer Küstenbereiche. Dazu kämen der Klimawandel und der erwartete Anstieg des Meeresspiegels. Gerade im Hochwasserschutz gäbe es auf Jahrzehnte hinaus sehr viel zu tun und sehr viel Geld zu verdienen.
Urban Prosky war mit einem Deutschen ins Gespräch gekommen, der als Tourist Danzig besuchte. Jeder Besucher, der die jüngere Vergangenheit Polens kannte, wollte das Denkmal für die im historischen Werftaufstand gefallenen Werftarbeiter am Platz Solidarnosch sehen. Der Werftaufstand im Dezember 1970 war der Beginn eines Kampfes um Freiheit und Demokratie im sich wandelnden Polen. Der Besucher bewunderte die zweiundvierzig Meter hohen Kreuze aus rostfreiem Stahl und Urban Prosky fühlte sich, von seinem Nationalstolz und der früheren Arbeit in der Werft angetrieben, geradezu verpflichtet, zu fragen, ob er mit Erklärungen behilflich sein könne. So waren sie ins Gespräch gekommen.

Der Besucher wunderte sich, dass man in Polen von ‚gefallenen Werftarbeitern' sprach. Das Wort sei in Deutschland den im Krieg Getöteten vorbehalten. Urban Prosky dagegen interessierte sich für das Leben in Deutschland und erfuhr zu seinem freudigen Erstaunen, dass der Besucher im Küstenschutz arbeite. Urban Prosky war wegen des neuen Arbeitsschwerpunktes seines jungen Unternehmens ganz besonders an diesem Thema interessiert und fragte, ob der Besucher ihm mit seinen Erfahrungen raten könne. Aus anfänglichem, einseitigem Interesse und der Freundlichkeit des Besuchers entstand ein lockerer Kontakt, dann ein kühner Plan und schließlich eine mit viel Geld honorierte enge Zusammenarbeit.
Jetzt saßen die drei Partner in dem Büro Proskys in der Gazownicza zusammen, einerseits, weil sie sich ohnehin regelmäßig zur Erörterung geschäftlicher Aktivitäten trafen, andererseits aber auch, weil der jüngste Misserfolg mit den Angeboten nach Deutschland zu großer Verärgerung geführt hatte.
Valeri Roppov aus Minsk war wütend, die lange Anreise hatte nicht zu seiner Beruhigung beigetragen. „In meinem Geschäft ist mir schon viel passiert, aber so etwas noch nicht!" Valeri baute Straßen, Brücken, Pipelines für Gas und Öl, das meiste Geld hatte er mit Sanierungsarbeiten an der Eisenbahnlinie Brest - Pinsk - Homel im Süden des Landes verdient. Er war es gewohnt, Schwierigkeiten zu beseitigen. „Ich habe kein Geld zu verschenken! Keine Leistung, kein Geld!" Er polterte weiter vor sich hin, so als ob er selbst immer nur einen angemessenen Lohn für eine gute Leistung genommen habe.
„Nun lass Urban doch zuerst einmal berichten! Los, Urban, berichte, was da vorgefallen ist." Igor Nesman war aus Hrodna angereist, der aufstrebenden Stadt im Dreiländereck Weißrussland/Litauen/Polen. Er stammte aus einer

deutschen Familie, die von der Politik quer durch das ehemals großrussische Reich gejagt worden war, vom Don nach Sibirien und im letzten großen Krieg nach Polen, um das zerrissene Land für Mütterchen Russland zu kolonialisieren. Dann verschob Stalin die Westgrenze seines Landes und Hrodna wurde russisch. Mit dem Abklingen politischer Exzesse war die Familie in Hrodna geblieben, noch ein wenig Russland, aber so weit wie möglich an Westeuropa angenähert. Mit dem aus deutschen Wurzeln stammenden Fleiß, Ehrgeiz und einem Hang zur Präzision hatte Igor gelernt und alles gelesen, was für ihn zugänglich war, und Maschinenbau studiert. Mit der Selbstständigkeit Weißrusslands setzte ein wirtschaftlicher Aufschwung ein, besonders in den Städten an der Westgrenze des Landes, den Igor nutzte. Er kaufte eine als Kolchose geführte Baubrigade auf und machte aus einem Haufen rostiger Geräte ein modernes, leistungsfähiges Bauunternehmen. Seine Spezialität wurde die Erneuerung oder der Neubau von Landebahnen, die mit dem wirtschaftlichen Aufschwung sich vermehrten und wuchsen.

„Was über die Handelskammer inzwischen bestätigt worden ist: Unsere Angebote wurden nicht angenommen“, berichtete Urban, der sich um Offenheit und Sachlichkeit in der Auseinandersetzung mit den Partnern bemühte. Es war damals zwar sein Vorschlag, aber alle waren damit einverstanden gewesen. Deshalb würde er jetzt nicht die alleinige Verantwortung übernehmen oder mit unwahren Erklärungen sich entlasten wollen. „Unsere Angebote waren mit Abstand die niedrigsten. Es führte zu Verwirrung, dass wir unseren Preisen das russische Lohnniveau zugrunde gelegt haben; der deutsche Staat müsse die Einhaltung seines Tarifrechtes garantieren. Da könne er nicht akzeptieren, dass billigere Kräfte angeworben werden. Gut, diese Lektion müssen wir lernen und künftig in dieser Frage vor-

sichtiger sein. Schwerwiegender war unser Geschäftssitz in Danzig: Wir könnten keine Sachkunde nachweisen und man könne uns nicht zuverlässig zu Gewährleistungsarbeiten heranziehen."
„Unsinn!", polterte Valeri weiter. „Gewährleistung! Keiner ist zuverlässiger als wir!"
Igor wandte sich der praktischen Seite zu: „Und was können wir jetzt noch tun? Was rät die Handelskammer?"
„Die Entscheidung zu akzeptieren. Kein Gericht in der Europäischen Union würde sich nach deren Meinung unseren Argumenten anschließen und uns deshalb die Aufträge auch nicht verschaffen."
„Er hatte es uns doch zugesagt! Wir haben ihm so viel Geld gezahlt, damit er dafür sorgt, dass wir die Aufträge erhalten!" Valeri schäumte vor Zorn.
„Ich habe mit ihm gesprochen. Er sagte, er habe alles versucht, sogar mit der Regierung gedroht. Er könne jetzt auch nichts mehr tun." Urban hob bedauernd die Schultern.
Valeri konnte sein Temperament nicht mehr zügeln: „Und das Geld? Das viele Geld? Wofür haben wir ihm so viel Geld gezahlt? Wie stehen wir jetzt da? Lacht er jetzt über uns? Das ist unanständig und unprofessionell oder sogar absichtlich geschehen! Er hat uns reingelegt! Ich verfluche ihn! Aber mit einem Russen macht man das nicht! Nicht mit uns! Ich werde ihn umbringen, den Gauner! Er wird an seinem Betrug nicht viel Freude haben!" Er war aufgesprungen, zum Fenster gegangen, starrte wortlos hinaus, auf das Werftarbeiter-Denkmal, diese in Stahl gegossene Manifestation unbeugsamen Willens, das man aus dem Obergeschoss des Gebäudes in der Ferne sehen konnte.
Urban sah Igor an, der dem Partner an das Fenster gefolgt war: „Valeri, das ist keine Lösung, hinzufahren und ihn umzubringen. So einfach geht das nicht! Lass uns überle-

gen, was wir tun können. Ich bin wie du tief enttäuscht, dass man uns da so übel mitgespielt hat. Und ich bin wie du der Meinung, dass wir das so nicht hinnehmen können. Aber wir müssen doch einen kühlen Kopf bewahren!"
Die hitzige Diskussion endete nach längerer Zeit erst, als Urban begann, in einem kleinen abgegriffenen Notizbuch zu blättern. „Wir sind uns ja einig. Das ist nicht hinnehmbar. Auf keinen Fall. Wir haben ihm vertraut und wir fühlen uns ausgenutzt und hintergangen. Unsere Ehre muss wieder hergestellt werden. Ich kenne da noch ein paar Leute, von früher, … Ich werde sehen, was ich machen kann."
Das war noch nicht befriedigend und es fiel besonders Valeri schwer, sich auf andere, kleinere Probleme in den geschäftlichen Beziehungen zu konzentrieren.

21
Der Weckruf

DER WECKRUF KAM an einem Freitagnachmittag Mitte April, zu einer Zeit, als alle telefonierten.
Die Einen wollten die hinter ihnen liegende Woche abschließen, in einem Gespräch mit der Sekretärin, dem Geschäftsführer oder dem Auftraggeber. Die Anderen trafen ihre Verabredungen für das Wochenende, bestellten Essen für den Abend oder kündigten ihre Rückkehr an. Die Luft schwirrte förmlich von den vielen Funksignalen, die Gespräche, Bilder, Mails oder einfach nur unbeantwortete Rufzeichen übertrugen. Kein Suchfilter hätte eine Speicherung eines einzelnen Gespräches veranlasst, selbst wenn verfängliche Wörter benutzt worden wären.
Das Frühjahr hatte unerwartet mit viel Wärme begonnen. Da konnte man müde werden, ohne viel gearbeitet zu haben! Roman hatte sich nach dem Essen auf das Sofa in der Küche gelegt.
Als das Handy klingelte, war er ungehalten. Obwohl es nicht klingelte, sondern eine aus dem Netz heruntergeladene Melodie abspielte: vier Takte aus der Nationalhymne, „... noch ist Polen nicht verloren! ...“ Unwillig über die Störung seiner Mittagsruhe meldete er sich: „Ja!“ Er hatte sich bereits vor Jahren angewöhnt, in der deutschen Sprache zu denken und zu sprechen. Das hatten SIE ihm mit auf den Weg gegeben, sich zu integrieren und unauffällig zu leben, mit einem anderen Gesicht.
„Roman?“ Eine Stimme mit einem ganz schwachen polnischen Akzent, den er aber deutlich hörte.
„Ja! Wer bist du? Was willst du?“ Ihm waren schon oft Aufträge über das Handy übermittelt worden.
„Springflut!“

Roman zögerte kurz. So hatte sich noch keiner bei ihm gemeldet, aber seine Erinnerung war sofort wach!
‚Springflut' war das Codewort, das sie vereinbart hatten.
„Ja. Ungewöhnlich für diese Zeit. Ich verstehe! "
„Ich muss dich sprechen."
„Wo bist du?"
„Morgen Punkt zehn Uhr. Auf den Landungsbrücken in Hamburg ist ein Kiosk."
Ein leichtes Knacken und die Anzeige auf dem Display sagten ihm, dass der Anrufer das Gespräch beendet hatte. Roman sah im Verzeichnis der Anrufe nach, aber das Gespräch war mit „Teilnehmer unbekannt" und ohne Rufnummer gespeichert worden.
Er bekam öfter Arbeitsaufträge über das Handy. Das Handy, von dem Magda, seine Frau, nichts wusste. Deshalb war der Anruf eigentlich kein Grund zur Aufregung. Aber SIE, SIE hatten sich noch nie vorher bei ihm gemeldet. Und: Er solle zu dem Gespräch nach Hamburg kommen. Dieser Umstand verunsicherte ihn.
Am folgenden Morgen war Roman vor der Zeit am Hafen und beobachtete die Landungsbrücken und den Kiosk. Aber in dem Gedränge, das Besucher, Schauerleute und die Fahrgäste anlegender und abfahrender Barkassen bildeten, fiel ihm nichts Bemerkenswertes auf. Pünktlich um zehn Uhr, er hatte die große Normaluhr auf der Brücke fest im Blick, drängte er sich zum Kiosk und schlug mit einem 10-Euro-Schein in der Faust auf den Tresen: „Ein Pils. Holsten. Nicht so kalt!"
Dann lehnte er mit dem Rücken am rechten Eckpfosten, nahm einen tiefen Schluck und ließ den Blick über die Flasche hinweg über die Menschen in seiner Nähe kreisen. Bis er die aufgeschlagene Zeitung sah: Auf einer Bank saß ein Mann, von dem er nur über dem Knick zwischen den aufgeschlagenen Seiten eine Stirn und zwei Augen sah, die

ihn unverwandt ansahen. Roman schlenderte die wenigen Schritte hinüber und setzte sich ebenfalls, nachdem der Fremde einladend ein Stück zur Seite gerückt war.
Der Mann mit der Zeitung nickte mit dem Kopf: „Springflut."
„Ja. Ungewöhnlich für diese Zeit. Was gibt es zu tun?"
Der Lärm des Hafenbetriebes und der vielen Menschen umgab sie wie eine dichte, sie isolierende Wolke. Sie steckten hinter der aufgeschlagen bleibenden Zeitung die Köpfe zusammen. Hätte sie jemand beachtet, er hätte denken können, sie läsen gemeinsam die aktuelle Tageszeitung. „Wir brauchen dich."
„Das dachte ich mir schon. Was gibt es zu tun?"
„Es wird nicht ganz einfach sein. Nimm es nicht zu leicht."
„Was?"
„Ein Mann hat unser Vaterland betrogen. Er sollte helfen und hat dafür viel Geld erhalten. Er hat aber nicht geholfen. Seine Auftraggeber sind enttäuscht, wütend, ungehalten! Er hat sie entehrt! Er hat uns alle entehrt!"
Roman interessierte sich nicht dafür, zu welchem Zweck die Hilfe versprochen worden war. Er sorgte sich auch nicht um die Ehre der Anderen, hatte er seine Ehre doch bereits vor Jahren aufgegeben. Ihn interessierte das Geld: „Viel Geld? Soll ich es zurückholen? Was bekomme ich davon?"
„Das Geld ist noch da. Du bekommst von uns die erforderlichen Papiere, um das Geld abzuholen, und erhältst die Hälfte davon. Und die Erlaubnis, in deine Heimat zurückkehren zu dürfen."
„Die Hälfte? Von wie viel?"
Der Fremde sah ihn an, so als wolle er die Reaktion Romans sehen und einschätzen: „Von acht Millionen Rubel."
Roman sog heftig und hörbar die Luft durch die Zähne ein. Er wusste sofort: Sein Anteil wäre sehr viel Geld! Mehr als

er jemals besessen hat. Mehr als er jemals verdienen könnte. Aber was würde er für diese Summe tun müssen? „Und ich darf in meine Heimat zurück?“ Das war ihm fast noch wichtiger.
„So lautet der Auftrag. Die Hälfte des Geldes und die Rückkehr in die Heimat.“
Einen Moment zögerte Roman, Zweifel kamen auf, ließen ihn sich einen Moment hinter der Zeitung aufrichten. Konnte er dem Fremden trauen? Aber er hatte sich mit dem Kennwort gemeldet, da blieb kein Raum für Zweifel, für Nachfragen, für den Wunsch, eine Legitimation zu sehen. Ihm blieben nur zwei Möglichkeiten: dem Fremden zu folgen oder unterzugehen, nach den langen Jahren in der Fremde, in Deutschland. „Und was muss ich dafür tun?“
„Einen Mann töten. Danach fährst du nach Großbritannien, auf die Insel Man, dort befindet sich das Geld auf einer Bank. Du bekommst dafür einen neuen Namen mit den erforderlichen Ausweisen. Du überweist die Hälfte des Geldes zurück, über die andere Hälfte kannst du verfügen. Anschließend kehrst du für drei Monate an deinen Wohnort zurück und lebst dort genau so unauffällig wie bisher. Keine großspurigen Reden über das viele Geld, keine besonderen Ausgaben. Sobald ich dich wieder anrufe, ist dein Auftrag beendet und du kannst reisen, wohin du willst.“
Einen Mann töten! Der Auftrag berührte ihn nicht sonderlich, obwohl es seine erste Tötung eines Menschen wäre. Aber auch das hatten sie damals mit ihm geübt und ihm eingeschärft, es komme immer auf die Umstände des Einzelfalles an: wo, wann, mit welchen Mitteln, ohne Spuren zu hinterlassen. Bei dem versprochenen Lohn hatte er bereits erwartet, dass es nicht einfach werden würde. Die Belohnung dagegen interessierte ihn viel stärker.

Wie lange schon trug er sich mit dem Gedanken, wieder in seine Heimat zurückkehren zu wollen. Ihm war stets bewusst gewesen, dass er das nicht ohne IHRE Erlaubnis hätte tun können. Und nun wurde ihm das als Teil seines Lohnes angeboten! Brauchte man ihn hier nicht mehr? Und dazu noch viel Geld. Es würde reichen, mit einem ruhigen, beschaulichen Leben alt zu werden. Aber da war ja noch etwas offen, noch nicht ausgesprochen, drohend: „Wer ist es?"
Der Fremde sah sich um. Sie saßen schon viel zu lange hinter ihrer Zeitung. „Komm! Lass uns gehen."
Wenige Schritte hintereinander verließen sie die Landungsbrücke. In der Menge der Passanten blieben sie unauffällig. Niemand interessierte sich für sie.
In der Haltestelle der S-Bahn gab ihm der Fremde die Zeitung. „Sieh dir die Seite 4 an. Bild, Namen und Anschrift der Person. Präge dir die Angaben und das Bild ein. Dann gib mir die Zeitung zurück."
Sie standen in der Mitte des Bahnsteiges. Menschen drängten sich zwischen sie, eilten zu den Ausgängen. Der Fremde hatte sich abgewandt, hielt Ausschau nach dem einfahrenden Zug. Dann griff er nach der Zeitung und verschwand mit wenigen Schritten im nächsten Waggon. Roman blieb keine Zeit für weitere Fragen.
Es gab auch keine Fragen. Er wusste, was er zu tun hatte.

22
Eine Spur

„ICH MÖCHTE MIR noch einmal das Baubüro ansehen, Herr Boje."

„Aber Herr Jensen, Entschuldigung: Was soll das? Ich habe mir schon wegen Ihres letzten Besuches ein paar peinliche Fragen im Verbandsvorstand anhören müssen. Warum wollen Sie denn jetzt noch einmal in das Büro?"

Jensen reagierte ungeduldig, er hatte mit Widerstand gerechnet und sich vorgenommen, sofort scharf zurückzuschießen: „Herr Verbandsvorsteher! Soll ich mit einem richterlichen Beschluss, mit Polizei und Presse kommen oder können wir uns wieder auf kleiner Ebene einigen? Sie wissen doch, dass wir private Unterlagen gefunden haben, die auch für Sie nicht so recht erklärbar waren!"

„Ja, aber … muss das denn unbedingt sein? Haben Sie bei ihm zu Hause … ääähmmm … in … hmmm … seinen privaten Unterlagen gesucht?"

„Herr Boje! Ich sage Ihnen nicht, wie Sie Ihre Arbeit zu machen haben. Sagen Sie mir deshalb bitte auch nicht, was ich zu tun habe. Also: Wann kann ich in das Baubüro?"

Sie trafen sich am nächsten Wochenende. Auf der Baustelle herrschte Ruhe, sodass es bis auf ein paar Spaziergänger in einiger Entfernung auf dem Deich keine Zuschauer gab. Boje war mehr als schlecht gelaunt: Er hatte einlenken, sich für die erneute Durchsuchung als das kleinere Übel entscheiden müssen. Aber wer den Stolz der Bauern, der Besitzenden, dazu noch des Verbandsvorsitzenden, dessen Funktion man bis vor wenigen Jahren noch mit Ehrfurcht ‚Deichgraf' genannt hatte, wer den Stolz dieser Menschen kannte, der ahnte, welcher Schmerz diesem zugefügt worden war.

Jensen schien dies nicht zu wissen, nicht wahrzunehmen. Er machte seine Arbeit langsam und gründlich, blätterte jeden Aktenordner durch, entfaltete jede technische Zeichnung, jeden Bauplan, nahm Geräte und Werkzeuge aus ihrer Halterung und beschäftigte sich lange mit der Festplatte des Computers. Ergebnislos!
Ein paar Bücher standen auf einem niedrigen Rollwagen, deren Titel Jensen wenig sagten; er nahm sie zur Hand, ließ die Blätter durch die Finger gleiten, die offensichtlich deutlicher werdende Ungeduld des Vorstehers ignorierend. Maschinenkunde neben einem Firmenkatalog über Pumpen und Zubehör, Hydrologie mit dem Schwerpunkt Drücke und Schübe, die Chronik des Ortes Oldenhusen, ein Telefonverzeichnis für die Region, das Benutzerhandbuch für den Computer und die Verdingungsordnung für Bauleistungen. Diesem, dem letzten Buch in der Reihe auf dem Rollwagen, hatte er den Halt genommen, es war umgestürzt und auf den Boden gefallen. Dabei war eine kleine Karte aus den Seiten geglitten. Jensen bückte sich, um die gestörte Ordnung wieder herzustellen und dazu Buch und Karte aufzuheben, bevor er sich für die erfolglos geopferte Zeit bei Boje bedanken müsste.
Eine Welle freudiger Erregung stieg in ihm auf, verengte seinen Blick auf den kleinen Ausschnitt mit der Karte in seiner Hand. Wie lange saßen sie jetzt schon hier, mit dem immer zorniger werdenden Verbandsvorsteher vor dem Schreibtisch? Gerade hatte er noch gegen eine zunehmende Enttäuschung, das Gefühl von Erfolglosigkeit ankämpfen müssen. Jetzt, im allerletzten Moment, bei dem letzten Stück, das er in die Hand nehmen konnte, sah er sich in seiner Erwartung bestätigt.
Sollte er ihm erklären, was er gefunden hatte? Sollte er die ganze Geschichte erzählen, auch etwas aus dem Gespräch in Kaliningrad, das dem neuen Fund erst seine Bedeutung

gab, damit Boje die Gewichtigkeit des Fundes auch verstünde? Dann wurde ihm bewusst: Wie lange dachte er jetzt schon darüber nach, was er als Nächstes tun solle? Hatte sein Gesicht Freude oder Nachdenklichkeit verraten? War sein Gegenüber inzwischen aufmerksam geworden? Er sah hoch, sah, dass Boje von seinem Stuhl aus durch das Fenster auf den Deich hinaus sah, mit gerötetem Gesicht, offenbar am Ende seiner Geduld.
Jensen hatte sich entschieden. Er stellte die Bücher wieder zurück, ordnete sie, um dabei die Karte unauffällig in seine Aktentasche zu stecken. „Ich muss mich bei Ihnen entschuldigen, Herr Verbandsvorsteher. Ich habe Ihnen viel Zeit genommen, leider ergebnislos. Aber so ist unsere Arbeit nun einmal. Von tausend Spuren führt oft keine Einzige weiter. Es hätte uns vielleicht weitergeholfen, wenn weitere Unterlagen aufgetaucht wären. Aber da ist nichts. Ich habe mich bemüht, keine Unordnung zu machen. Danke für Ihre Geduld und Unterstützung."
Die unwillig gemurmelte Antwort kam Jensen vor wie ein ‚Das habe ich doch schon vorher gewusst aber keiner glaubt mir immer diese jungen fremden Hüpfer'. Er unterließ vorsichtshalber weitere Rückfragen. Boje war ohne ausgesprochene Höflichkeitsfloskeln murrend in sein Auto gestiegen und abgefahren. Jensen saß in seinem Auto und griff nach der Karte in seiner Aktentasche:
‚Mr. Scot Boylle / Sales Manager / Zurich Bank International Ltd., 10 Athol Street, Douglas/Isle of Man'

23
Pläne und eine Reise

ROMAN BEGANN PLÖTZLICH, über die Zukunft nachzudenken. Über seine Zukunft. Zum ersten Mal seit vielen Jahren fragte er sich, was er tun solle. Nicht mehr nur auf Anweisungen zu warten, sondern sich selbst Pläne zu machen, Ziele zu setzen. Er hatte mehr Zeit als in den vielen vergangenen Jahren, obwohl seine Tage nie ausgefüllt waren. Er hatte viel Zeit, andere Aufträge würde es nicht mehr geben. Er konnte in Ruhe überlegen, was noch zu tun war.

Wohin würde er gehen? In die frühere Heimat? Dort kannte ihn niemand mehr. Vor ein paar Jahren, 2004, nach dem Beitritt Polens zur EU, war er hingefahren, ohne SIE zu fragen. Er war durch sein Dorf gegangen und hatte sich fremd gefühlt. Bereits damals fand er keinen seiner Jugendfreunde mehr. Wohin waren sie gegangen? Nach Warschau? An die Küste? In den Westen? Er mochte nicht fragen. Dort wäre er jetzt ein Fremder, woran auch seine Erinnerungen nichts mehr ändern könnten, was seine Erinnerungen nur noch schmerzlicher machen würde. Der Reiz der Heimat, der seine kärgliche Jugendzeit verschönt hatte, war verflogen. Das, was früher Raum und Anregung für abenteuerliche Spiele geboten hatte, war ihm jetzt nur noch fremd, in großen Teilen Leerstand im ungeordneten Verfall. Der Auftrag, das Leben in Deutschland hatte ihn entwurzelt.

Wenn er ohnehin ein Fremder wäre, der in der ihm noch zur Verfügung stehenden restlichen Lebenszeit neue Wurzeln schlagen könnte: dann an einem Ort, von dem er träumte? Ein kleines Haus an einem See, ein Boot, keine Fragen, viel Ruhe? Masuren! Der Mauersee, der Jezioro Mamry in seiner Muttersprache, er war als Kind einmal dort, mit Tante und Onkel auf der Durchfahrt zur Küste. Der große, stille See mit einem alten Kahn am Ufer hatte sich so seiner Erinnerung eingeprägt, dass er den Namen nie vergessen hatte! Er studierte eine Landkarte. Vielleicht in Okonki an der Ostseite? Oder im Süden in Harsz? Er würde etwas Passendes finden, wenn er das Geld hätte. Er suchte im Telefonbuch eine Bank in Wegorzewo und ließ sich dort ein Konto einrichten.

Nur noch eine Reise, und dann warten. Drei Monate, hatten SIE ihm aufgetragen. Er war es gewohnt, zu warten. Er begann, Oldenhusen aufmerksamer zu betrachten. Was empfand er, wenn er jetzt am Kiosk auf dem ZOB ein Bier trank? Nie mehr als eines, denn SIE hatten ihn gemahnt, nicht auffällig zu leben. Würde ihm die Geschäftigkeit fehlen, der Eifer der Menschen, ihre Ordnung, die Ordentlichkeit selbst auf Straßen und Plätzen? Würde ihm Magda fehlen? Der Sex mit ihr war gut, aufregend, machte ihn zufrieden. Das war auch nicht von Anfang an so gewesen. Er würde eine andere Frau finden. Nein, er würde unbelastet und mit kleinem Gepäck abreisen!

Dann kam abends spät der Anruf. Der zweite Anruf. Sein Handy spielte die vier Takte, die für ihn inzwischen eine neue Bedeutung gewonnen hatten. Er hatte im verlöschenden Licht des Tages auf dem Deich gesessen, im Norden der Stadt, und über das Wasser in die Ferne geblickt. Die Anweisung war ohne Anrede und knapp, kaum konnte er bestätigen, alles verstanden zu haben. „Sich‘ in den Briefkasten! Bahnhof in Itzehoe, Schließfach. Bis morgen Mittag zwölf Uhr!“

Im Briefkasten lag ein Schlüssel mit einer Nummer. In dem Schließfach in Itzehoe fand er am anderen Vormittag einen großen, abgegriffenen, grauen Briefumschlag. Er setzte sich auf eine Bank auf dem Bahnsteig, hier hätte

kein Passant Zeit und Interesse, darauf zu achten, was er dem Umschlag entnahm.
In einem Zeitungsausriss mit der Meldung über den Unfall auf dem Deich fand er einen deutschen Reisepass mit einem neueren Foto von sich! Kurze Haare, gestutzter Kinn- und Schnurrbart. Er würde zum Friseur gehen müssen. Er überlegte erstaunt, wer ihn bei welcher Gelegenheit fotografiert haben könnte. Der Pass war ausgestellt auf den Namen Ulf Peters.
Auf einem amtlich aussehenden Briefkopf des Amtsgerichtes Meldorf wurde mit Datum, Siegel und Unterschrift bestätigt, dass Herr Ulf Peters alleiniger Erbe nach dem verstorbenen Bruder Jan Uwe Peters und daher befugt sei, über alle Vermögenswerte zu verfügen.
Eine handschriftliche Notiz enthielt zwei Kontonummern, die eine bei der Zurich Bank International in Douglas/Insel Man, die zweite bei der Kredyt Bank in Danzig.
Und schließlich fand Roman in einem gesonderten kleinen Briefumschlag eintausend Euro, SIE hatten ihm sogar Reisegeld bewilligt!
Roman ließ sich Zeit. Um den Kinnbart wachsen zu lassen, wartete er eine Woche. Inzwischen fuhr er in die nächste größere Stadt, um sich für die Reise einzukleiden. Er würde seriös aussehen müssen, so wie sich Geschäftsleute kleiden, mit Anzug und Krawatte. Aber nichts Teures, Aufwendiges. Und er würde eine Aktentasche benötigen. Er ging in ein Reisebüro, um den Flug zu buchen: Zuerst nach London, von dort aus nach Douglas, es gab keine Direktflüge. Dann ging er zum Friseur: waschen, schneiden, Scheitel links, der Bart auf eine einheitliche Länge gestutzt.
Es war Jensen gelungen, Misstrauen bei Magda zu säen. Sie sah die Veränderungen bei Roman. „Was tust du?“,

fragte sie ihn. „Neue Frisur, neuer Bart, neue Kleidung? Gut siehst du aus.“
„Ich muss weg. Nur für ein paar Tage.“
„Und du kommst wieder zurück? Wann?“
Roman sah sie an, lächelte sie an, was seit Jahren kaum noch einmal geschah, er wusste, was diese Frage sollte: „Ich habe gesagt: nur für ein paar Tage.“
„Und wohin fährst du? Was machst du dort?“
„Magda! Das willst du doch gar nicht wissen! Das brauchst du auch nicht zu wissen.“
„Und wann fährst du?“
Roman wurde ungeduldig: „Morgen, Magda. Morgen!“ Roman verließ das Wohnzimmer, er hatte noch ein paar Sachen einzupacken.
Magda blieb zornig zurück. „Nie weiß man, woran man bei dir ist! Warum sagst du mir nicht einfach, wohin du fährst? Und was du da machst?“ Sie hätte schon viel früher von ihm verlangen sollen, dass er sie informiert, sie waren ja schließlich verheiratet. Seine Selbstsicherheit, seine verdammte Selbstsicherheit ärgerte sie. War ihr das bisher nicht aufgefallen?
„Hast du etwas gesagt, Magda?“, rief Roman gelangweilt aus dem Schlafzimmer.
Den ersten Tag brauchte Roman für den Hinflug und die Belegung eines Hotelzimmers. Am frühen Nachmittag landete er auf dem Flughafen bei Ronaldsway im Süden der Insel, dem einzigen Flughafen für den internationalen Verkehr. Dem Ankunftsbereich sah man inzwischen schon sein Alter an, er dachte kurz an die großzügige Gestaltung in Hamburg und an die erstaunliche Organisation in London-Heathrow. Für die Fahrt in die elf Kilometer entfernte Stadt nahm er die Bahn, so konnte er die Menschen und die vorüberziehende Landschaft besser beobachten.

In Douglas warf er einen kurzen Blick auf den Hafen, um dann die Loch Promenade entlang zu schlendern, zu seiner Rechten die weite Bucht und zur Linken die wie ihm schien einzige attraktive Straße mit ansprechender Architektur. Bereits in den Straßen dahinter fiel ihm eine Provinzialität, eine Dürftigkeit in Architektur, Gestaltung und Pflege der Häuser auf, die an die frühere Armut der Insel erinnerte und die im krassen Gegensatz zu den riesigen Summen an Geld in allerlei Währungen stand, die durch die Buchhaltungen in der Stadt flossen.
Er entschloss sich spontan, im Chester House Hotel an der Loch Promenade zu wohnen. Er würde auf dem Balkon den nächsten Sonnenaufgang über der Irischen See erwarten.
Der zweite Tag war aufregender. Er hatte keine Mühe, die Zurich Bank in der Athol Street zu finden. Ein viergeschossiges elegantes Haus mit cremeweißer Putzfassade und hohen Fenstern mit schmiedeeisernen Gittern als Austritte anstelle von Balkonen im ersten Obergeschoss. Ein Gebäude, dessen Größe mit einer Fassadenbreite von gut dreißig Metern nicht ausreichte, alle Aktivitäten der Bank aufzunehmen, sodass der benachbarte Klinkerbau bereits ebenfalls von der Bank belegt worden war. Zwei breite einladende Eingänge an den Seiten der Fassade führten in eine große, das Erdgeschoss füllende Halle, in der an einzelnen Inseln heftige Geschäftigkeit herrschte.
Eine schlanke junge Angestellte, er schätzte ihr Alter auf Mitte zwanzig, sportliche Kurzhaarfrisur, hochgeschlossene weiße Bluse, schwarzer Rock, die Knie bedeckt, sprach ihn an. In Manx oder in Englisch?
„Spricht jemand bei Ihnen Deutsch?“
Ein strahlendes Lächeln huschte über ihr Gesicht: „Sie sind Deutscher. Ein herzliches Willkommen in unserem Hause! Wenn Sie mir bitte folgen möchten ….“ Sie drehte

sich leicht zur Seite und lud ihn mit einer anmutigen Bewegung ihrer linken Hand ein, ihr zu folgen. Sie strebte zu einer der Inseln im Hintergrund der Halle. „Mr. Edwards spricht Ihre Sprache und wird sich um Sie kümmern!“ Roman vergaß, sich zu bedanken.
„Guten Tag. Mein Name ist Kirk Edwards. Was kann ich für Sie tun?“
Fast hätte Roman sich mit seinem bürgerlichen Namen vorgestellt. „Ich bin Ulf Peters. Ich komme aus Hamburg mit einer schwierigen Mission.“
„Dann nehmen Sie doch bitte Platz, Herr Peters, und lassen Sie uns darüber reden.“
Sie setzten sich. Roman nahm seine Unterlagen aus seiner Aktentasche und legte sie auf den Tisch.
„Mein Bruder Jan Uwe Peters ist vor wenigen Wochen tödlich verunglückt.“ Roman machte eine kleine Pause und ein Schatten von Traurigkeit legte sich auf das Gesicht Edwards‘. „Es ist eine Tragödie. Aber das Schicksal ist hart und unabänderlich und die Familie muss sich auf den Verlust einstellen.“
Edwards nickte verständnisvoll mit dem Kopf.
„Ich bin durch eine Legitimation des zuständigen Gerichtes befugt, zur Rettung des Familienbetriebes alle finanziellen Werte in den Firmensitz zurückzuholen.“ Roman legte den angeblichen Brief des Amtsgerichtes auf den Tisch. „Leider habe ich noch keine englische Übersetzung zur Verfügung.“
Edwards versuchte, zu beruhigen: „Ich spreche und schreibe in der deutschen Sprache. Ich habe ein paar Semester in Deutschland studiert. Natürlich bin ich nicht so sicher wie Sie. Aber ich denke, es wird genügen.“ Er vertiefte sich in den Brief. „Darf ich auch Ihren Ausweis sehen, Herr Peters?“

Roman legte den Reisepass auf den Tisch. Edwards sah noch einmal in beide Dokumente, verglich das Passfoto mit dem Aussehen des vor ihm Sitzenden.
„Mein Bruder hielt in Ihrem Hause ein Konto. Ich möchte Sie bitten, mir den Bestand auszuzahlen und das Konto zu schließen.“ Roman schob einen Zettel mit der ihm genannten Kontonummer über den Tisch.
Edwards gab Namen und Nummer in den Computer ein: „Hier habe ich es: Jan Uwe Peters, gut einhundertsechzigtausend Pfund.“
Roman gab sich wenig überrascht: „Ja, so in etwa sagen es unsere Geschäftsbücher. Ich hätte das Geld gerne in bar.“
Es gab noch eine längere Verhandlung. Edwards musste die Genehmigung seines Abteilungsleiters einholen, nicht wegen der Höhe, sondern wegen der Barauszahlung. Das sei sehr riskant, man könne den Betrag innerhalb von Stunden an jeden Ort in Europa transferieren. Etwa eine Stunde vor Beginn der traditionellen Mittagsruhe stand Roman mit einer Aktentasche voller Geldscheinen auf der Athol Street.
Roman hatte keinen weiten Weg. Wenige Schritte weiter auf der anderen Straßenseite betrat er die Bank Britannia International Ltd. und bat um ein vertrauliches Gespräch. Er zahlte das Geld ein und ließ es unter seinem bürgerlichen Namen überweisen, die eine Hälfte an eine Bank in Danzig, die andere Hälfte auf sein neues Konto in Wegorzewo. Als der Mitarbeiter an der Kasse die Banderolen der Zurich Bank sah, mit denen die Geldscheine gebündelt worden waren, lächelte er still und wortlos vor sich hin: Er stellte keine Fragen zur Herkunft des Geldes, sie waren hier daran gewöhnt, dass schon ein paar Schritte genügten, um Spuren zu verwischen und eventuelle spätere Nachforschungen in einer informationslosen Leere auslaufen zu lassen.

Plötzlich fühlte Roman sich frei! Er hatte seinen Teil des Auftrages erfüllt, es gab für ihn nichts mehr zu tun. Er würde abwarten. Drei Monate, hatte der Fremde gesagt. Jetzt brauchte er nur noch auf den letzten Anruf zu warten. Für den nächsten Tag mietete Roman sich einen Pkw. Linksverkehr, Rechtssteuerung? Gewöhnungsbedürftig, aber erlernbar. Er fuhr nach Norden, auf der A 2, bog häufig auf holprigen Seitenstraßen zur Küste ab. In einem Pub am Sporthafen in Laxey trank er Tee. In Ramsey aß er gebratenen Fisch, an einem Kiosk in der Stanley Mount East mit einem Blick auf die endlos lang scheinende Seebrücke. Auf dem Rückweg legte er sich unter den messerscharfen Felsen bei Dhoon Glen in die Sonne. Es war inzwischen später Nachmittag und angenehm warm. Die Ebbe hatte ein schmales, sandiges, steil abfallendes Vorland freigegeben, das nach nassem Seetang roch. Ein kühler Windhauch kam über das Wasser. Er geriet ins Grübeln. Könnte er auch hier leben? Sollte er sein Geld zurückrufen? Schroffe Felsen hatte das Meer aus dem Land herausgelöst. Üppig blühender Ginster milderte den abweisenden Anblick. Städte und Dörfer hatten sich in großen Teilen ihren ländlichen Charakter bewahrt. Aber die Windschur alleinstehender Bäume erinnerte daran, dass das Wetter meistens nicht hielt, was der Sonnenaufgang ihm am frühen Morgen versprochen hatte. Und die Menschen, sie und ihre Sprache, ihre Mentalität, ihre Bräuche und ihr Selbstverständnis würden ihm fremd bleiben. Er fuhr zurück nach Douglas.

Nein, er hatte sich entschieden. Vorfreude kam auf, verdrängte die Eindrücke des endenden Tages, ließ ihn an Masuren denken. Er hätte sich betrinken mögen, um die plötzliche Sehnsucht erträglich zu machen! Aber er dachte auch an die Warnungen: nur jetzt nicht den Lohn für die zurück-

liegenden zwanzig Jahre in der Laune eines Abends zu vergeuden!
Am nächsten Nachmittag, nach Oldenhusen zurückgekehrt, wieder zu Hause, fiel ihm auf, dass er sich nicht mehr wie zu Hause fühlte. Er sah die in weiten Teilen der Stadt gelebte Dürftigkeit und Bescheidenheit, die mit einer Selbstzufriedenheit hingenommen wurde, als wüsste man nichts von der Welt. Er sah Magda und seine Wohnung und fühlte sich wie in einem schlechten Hotel. Oh ja, er kannte schlechte Hotels zur Genüge!
Es trieb ihn hinaus aus der Wohnung. Er ging zum Kiosk an der Omnibushaltestelle und kaufte sich ein Bier. Er fragte sich, wie er nur so lange hier leben konnte: mit dieser Frau, in dieser Wohnung, in diesem Ort, in dem er oft empfunden hatte, dass Missgunst, Missachtung die Haltung der Menschen zu ihm geprägt hatte.
In dieser Stimmung befand er sich, als Jensen an seinen Tisch kam und versuchte, ihm ein Gespräch aufzuzwingen. Es sei warm heute. Warum er nicht arbeite. Roman achtete kaum auf seine Antworten. Bis Jensen die ruhende Deichbaustelle ansprach. „Das ist wegen des Unfalls!“, hatte er heftig, fast angriffslustig geantwortet und sich sofort gefragt, warum er so heftig reagiert habe, das mache ihn doch nur verdächtig. Er wählte seine nächsten Antworten mit mehr Bedacht. Bis Jensen fragte, ob er mit Romans Frau über deren Arbeit auf der Baustelle reden könne.
Roman sah Jensen misstrauisch an: „Mit meiner Frau? Was soll das?“
„Naja, ich möchte herausfinden, was für ein Mensch der Deichbaumeister war.“
„Das interessiert doch niemand mehr! Das war ein Unfall, und damit ist die Sache erledigt!“ Roman hatte sich in Erregung geredet, die zu Beginn gezeigte Gleichgültigkeit war verflogen, er war zornig und aufgebracht: „Warum

fragst du überhaupt nach so etwas? Du bist doch der Mann von der Kriminalpolizei. Wieso fragst du, wenn du genau weißt, dass das ein Unfall war?!"
„Das ist die Neugier, die der Beruf so mit sich bringt. Ich möchte verstehen, wie der Unfall geschehen konnte."
Roman kümmerte sich nicht mehr um den Rest in seiner Bierflasche, er hatte sie in der Aufregung, im Bemühen, seine Erregung nicht zur Ursache eines Verdachtes werden zu lassen, einfach vergessen. Er drehte sich um und verließ wortlos den Tisch, ging ohne sich einmal umzusehen die Straße entlang, nicht in Eile, aber mit energischen Schritten. Der Mann von der Kriminalpolizei könnte ihm ohnehin nicht mehr gefährlich werden, in den Tagen, die er noch hier abzuwarten hatte. Aber wenn er sich schon für Magda interessierte: Sie hatte doch mit Peters Sex gehabt. Wenn er dem Kriminalbeamten sagen würde, die beiden hätten Streit bekommen und sie habe ihn in den Abgrund gestoßen, das sei gar kein Unfall, sondern sie habe ihn umgebracht: Dann käme sie doch ins Gefängnis, dann könnte er sorgloser abreisen und noch leichter alleine mit seinem Geld in der neuen Heimat leben. Er dachte den ganzen Abend darüber nach, ob und wie er das anstellen könnte, ohne selber in Verdacht zu geraten.

24
Überraschungen

JENSEN HATTE SCHNELL die allgemeinen Informationen, die er für erforderlich hielt, zusammengetragen.
Bei der Insel Man handelt es sich um ein autonomes, unmittelbar der englischen Krone unterstelltes Gebiet. Sie ist eines der letzten legalen Steuerparadiese an den Rändern der Europäischen Union, ohne selbst Mitglied zu sein. In dem Telefonbuch von Douglas, der Hauptstadt, fehlt keiner der international tätigen Konzerne, da Unternehmen keine Steuern zu zahlen haben, es gibt keine Körperschafts- oder ähnlich geartete Steuer. Das hat zur Folge, dass die Unternehmensgewinne in den Briefkastenzentralen der Unternehmen gebucht werden, in aller Regel nicht von einheimischen Bediensteten vor Ort, sondern über das Internet von den ausländischen Firmensitzen aus. Die Flut einlaufenden Geldes wird innerhalb kürzester Zeit ohne nennenswerte Kürzungen durch Abgaben oder Kosten den Berechtigten wieder zur Verfügung gestellt, sodass auch die geringe Einkommensteuer vermieden wird.
Zu den Banken, die man zur Bewältigung dieser Flut benötigt, gehörte die international tätige Zurich Bank International Ltd. Da einerseits die Finanzbürokratie der Inselverwaltung wegen der fehlenden Körperschaftssteuer nicht an Geschäftskonten interessiert war, sondern wegen der geringen Einkommensteuer nur an den Einkünften ihrer Insel-Bürger, andererseits das britische Finanzministerium und die Bürokratie der Europäischen Union ohnehin keinen Zugriff auf die Steuerkraft der Insel hatten, gab es keine nennenswerten Kontrollen. Das wiederum ermöglichte, trotz der im Jahre 2009 mit Deutschland wie auch mit anderen Ländern vereinbarten Transparenz, eine Grauzone, in der persönliche Konten oder solche von Stiftun-

gen verschwiegene Häfen für parkendes Geld waren: Schließlich musste auch ein Teil des Reichtums auf der Insel gehalten werden. Da kümmerte sich niemand um ein Konto mit dem für die Gewohnheiten der Insel niedrigen Gegenwert von acht Millionen Rubel, es genügte, dass es in den Büchern stand und damit unvergesslich geworden war. Es gab keine Statistik, die Auskunft über die eine oder andere Art von Bankkonten oder über die Höhe des Gesamtbestandes etwa gegeben hätte. Niemand sprach darüber. Aber jeder wusste es. Viele der heimlichen Einkommensbezieher, die aus der Schweiz, aus Lichtenstein oder aus Luxemburg verdrängt worden waren, weil ihr Heimatstaat in unanständiger Weise ihre Daten aufkaufte, hatten sich in stiller Dankbarkeit in den Büchern und Tresoren der Insel niedergelassen. Und gab man als Staatsangehörigkeit nicht „Deutscher" an, sondern etwa „Bayer" oder „Hamburger", was staatsrechtlich nicht ganz unkorrekt war, um bei der vereinbarten Transparenz nicht ins Auge zu fallen, so bemühte sich kein Bankangestellter um einen möglicherweise korrekteren Eintrag.

Jensen hatte in der deutschen Botschaft in London um ein Gespräch gebeten, sie vertritt die deutschen Interessen auf der Insel Man.

Er traf auf einen freundlichen und gut gelaunten Botschafter, der sich selbst um den Besucher aus Hamburg kümmern wollte: „Sie sind Beamter bei der Kriminalpolizei? Was kann ich für Sie tun, Herr Jensen?"

„Zunächst mir einen Rat geben. Wie kann eine deutsche Geldanlage auf der Insel Man unbemerkt bleiben?" Botschafter von Huxfeldt war sich sicher: „Das ist nach den bestehenden Vereinbarungen nicht möglich. Die Finanzbürokratie auf der Insel bemüht sich sehr, uns von ihrer Gründlichkeit und Ehrlichkeit zu überzeugen."

„Und trotzdem, Herr Botschafter, habe ich Grund zu der Annahme, dass Geld aus der Bestechung eines Deutschen dort geparkt ist, ohne bisher dem deutschen Fiskus bekannt geworden zu sein."

„Das wäre in der Tat eine Verletzung bestehender Abkommen. Das mag es geben. Man müsste es beweisen können. Sind Sie sicher?"

„Ich ermittele, zunächst noch ohne richterliche Anordnung. Aus Königsberg weiß ich, dass acht Millionen Rubel hierher überwiesen worden sind. Der Begünstigte ist inzwischen bei einem Unfall getötet worden, falls es sich überhaupt um einen Unfall gehandelt hat. Das kann ich nicht übergehen."

Der Botschafter wurde nachdenklich: „Haben Sie Beweise? Man müsste es beweisen können, wie ich schon sagte."

Jensen versuchte, seinen Gesprächspartner zu überzeugen: „Ich habe es gesehen, mit meinen eigenen Augen auf dem Computer des dortigen Bankmanagers."

„Hm, ich weiß nicht, ob wir alleine damit weiter kommen."

„Ich habe aus den Unterlagen des Verstorbenen eine Karte mit dem Namen eines Mitarbeiters der Zurich Bank in Douglas. Er muss der frühere Gesprächspartner gewesen sein."

„Lassen Sie mich kurz überlegen: Wie können wir ihn zwingen, mit uns zu kooperieren?"

„Mit der Androhung eines Konfliktes wegen Verletzung der Transparenz-Vereinbarung?"

Von Huxfeldt schüttelte den Kopf: „Herr Jensen, rechnen Sie selbst. Der Betrag entspricht etwa einhundertsechzigtausend Pfund Sterling. Das ist ein Betrag, der in den dortigen Banken keine nennenswerte Bedeutung hat. Wir wollen doch auch nicht mit Kanonen auf Spatzen schießen."

Jensen gab seine Hoffnung noch nicht auf: „Wie können Sie Druck aufbauen? Über das Justizministerium in Douglas?"

Von Huxfeldt ließ sich mit dem Justizstaatssekretär in Douglas verbinden. Dem längeren Gespräch konnte Jensen nicht folgen, seine Kenntnisse der englischen Sprache reichten dafür nicht aus. Aber an dem Gesichtsausdruck konnte er bereits ablesen: Das Gespräch endete nicht erfolgreich, es wurde keine Unterstützung in Aussicht gestellt.

Botschafter von Huxfeldt hatte empfohlen, den frühen Flug nach Douglas am folgenden Vormittag zu nutzen. Die Fahrt mit der Eisenbahn quer durch das Land bis Heysham an der Westküste in Kent und von dort mit der Fähre wäre sehr zeitaufwendig gewesen. Ein Botschaftssekretär begleitete ihn als Dolmetscher.

Auf dem Weg nach Douglas diskutierten sie ausgiebig über die bessere Strategie. Im letzten Moment entschloss sich Jensen, mit offenen Karten zu spielen.

Sie hatten in der Zurich Bank gebeten, mit Mr. Scot Boylle sprechen zu können. Nach nur kurzer Wartezeit wurden sie in das erste Obergeschoss geführt, in ein in stiller Eleganz eingerichtetes Büro mit Blick auf die Athol Street.

Jensen stellte sich und seinen Begleiter vor. Scot Boylle, ein Mann mittleren Alters, etwas füllig, mit sich lichtender silberblonder Haarpracht, lehnte sich in seinem Sessel zurück.

„Ich möchte mit offenen Karten spielen", eröffnete Jensen das Gespräch. „Ich bin Beamter der Kriminalpolizei in Heide bei Hamburg und ermittele in einem Fall von Bestechung. Der Bestochene ist inzwischen tot, sodass ich Grund zu der Annahme habe, dass es sich um einen Mord handelt."

„Wie interessant, Herr Jensen! Glauben Sie, dass ich ihn umgebracht habe?"

„Das glaube ich nicht. Aber Sie haben in anderer Weise mit dem Fall zu tun."

„Da bin ich aber neugierig, Sie wissen da wohl viel mehr als ich."
„Das Geld aus der Bestechung ist in Ihrem Haus angelegt worden."
„Wissen Sie das aus den Kontrollmitteilungen, die wir regelmäßig an Ihre Regierung schicken?"
Jensen versuchte, seine aufkeimende Ungeduld über die hinhaltenden Antworten zu unterdrücken. „Das ist das Seltsame, verehrter Herr Boylle: Der Bestand kann in keiner Kontrollmitteilung verzeichnet sein. Sonst hätten die deutschen Behörden, die Finanzbehörde zumindest, darauf reagieren können."
„Wir haben eine derart große Zahl von Kunden, auch aus Ihrem Land. Da kann es durchaus sein, dass sich die Mitteilung etwas verzögert."
„Und dem Umstand wollen wir vorbeugen und Sie bitten, in Ihren Bestandsdaten nachzusehen."
Scot Boylle schüttelte leicht verneinend den Kopf: „Das geht leider nicht, Sie verstehen, Herr Jensen, unser Bankgeheimnis erlaubt das nicht. Es ist nur möglich mit den internen Zugangsdaten, die der Berechtigte hat."
Jensen begann, sich zu ärgern. Selbst wenn die Datenbank noch so groß war, musste man nach dem Namen suchen können. Die Überweisung, die er in Kaliningrad gesehen hatte, lautete auf Peters' Namen. Wollte Boylle ihn durch Untätigkeit auflaufen lassen? Oder konnte man hier ein Konto unter einem fremden Namen, einem Pseudonym oder einem Nummerncode einrichten? „Hatte, Herr Boylle, hatte! Der Berechtigte ist tot."
„Dann wird er sie in seinen Unterlagen verwahrt haben. Wenn Sie über diese Angaben verfügen, wird es uns leicht fallen, die gewünschten Informationen herauszusuchen. Dazu müssen Sie auch nicht noch einmal die weite Reise machen." Boylle war mit sich zufrieden: Das Gespräch

schien in Kürze beendet zu sein. Er bestellte bei seiner Sekretärin Tee und Gebäck.
Das hatte Jensen befürchtet! Nichts als Ausflüchte! Sollten jetzt hier seine Ermittlungen ergebnislos im Sande verlaufen? Wer würde ihm dann seine Spesen zahlen, wenn er ohne Ergebnisse abbrechen müsste? Aber er war nicht so weit gereist, um jetzt aufzugeben! Er wurde nachdrücklicher: „Sehen Sie, Herr Boylle, ich habe mit dem für Ihr Land zuständigen deutschen Botschafter in London gesprochen. Der hat sich mit dem Staatssekretär in Ihrem Justizministerium in Verbindung gesetzt. Er hat darauf hingewiesen, dass es dringend einer Aufklärung bedarf, warum eine mehrere Jahre zurückliegende Transaktion nicht gemäß der Vereinbarung in dem Transparenzabkommen von 2009 den deutschen Behörden gemeldet worden ist. Es wird doch auch in Ihrem Interesse und im Interesse Ihres Hauses liegen, wenn wir die Angelegenheit ohne weitere Einschaltung der diplomatischen Dienste klären und damit eine Verstimmung zwischen unseren Regierungen verhindern. Darüber, was die Presse mit dem guten Ruf Ihres Hauses macht, mag ich gar nicht nachdenken."
„Wie können Sie so sicher sein, dass er mit unserem Haus gearbeitet hat?"
„Ich habe die Überweisung an Ihr Haus über acht Millionen Rubel gesehen."
„Das kann viele verschiedene Ursachen haben, die Sie und ich nicht kennen, Herr Jensen."
„Nicht bei einem Mann, der noch nie über Rubel verfügt hat und der noch nie auf dieser Insel gewesen ist. Und in dessen Unterlagen ich eine Karte mit Ihrem Namen gefunden habe!"
Scot Boylle wurde sichtlich blasser im Gesicht. Jensen bemerkte, dass das linke Augenlied Boylles leicht zu zucken

begann. „Eine Karte von mir, sagen Sie? Kann ich die mal sehen?"
Jensen war vorsichtig, zog eine vergrößerte Kopie aus seiner Tasche und legte sie vor Boylle auf den Schreibtisch.
„Das Original. Kann ich das Original sehen?", bat Boylle. Auf der Rückseite befanden sich, bisher wegen ihrer Andersartigkeit von Jensen nicht weiter beachtet, in gälischer Handschrift ein paar Ziffern und Buchstaben. Boylle gab sie schweigend und mit ernstem Gesicht, er hatte eine Niederlage zu verkraften, in seinen Computer ein. Er musste seine Eingaben mehrfach wiederholen, vielleicht auch korrigieren.
Es dauerte nur wenige Sekunden, die Jensen unendlich lang vorkamen, bis sich über das Gesicht Boylles ein eisiger Schimmer legte. Er trank einen Schluck Tee, lehnte sich in seinem Stuhl zurück und verschränkte die Arme vor der Brust: „Meine Herren, ich kann Ihnen leider nicht mehr helfen!"

25
Unerwartete Widerstände

DAS TELEFON KLINGELTE. ‚Schon wieder! Was ist denn heute nur los? Wie soll man dabei arbeiten? Oder ist das Jensen?‘, dachte er und griff zum Hörer. „Stoldt, Polizeistelle Heide.“

„Fischer, persönlicher Referent des Herrn Innenministers.“

Polizeioberrat Stoldt zuckte zusammen. Das war bisher noch nie passiert: eine Anfrage aus dem Ministerbüro. Manchmal kamen Anfragen des für das Polizeiwesen zuständigen Staatssekretärs, aber nicht direkt zu ihm, sondern die gingen fast immer über den Schreibtisch des Leiters der Polizeidirektion Itzehoe, seines Vorgesetzten.

„Guten Tag, Herr Fischer. Was kann ich für Sie tun?“

„Fragen Sie lieber, was Sie für den Herrn Minister tun können.“

„Sie werden es mir sagen.“

„Der Herr Minister hat mich gebeten, zu versuchen, die Angelegenheit auf kleiner Ebene zu klären, Sie verstehen? Erst mal sehen, ob jemand aus einer Mücke einen Elefanten gemacht hat. Hahaha.“

„Lassen Sie mich mitlachen, Herr Fischer: Um was geht es denn?“

„Sie wissen ja, wie die Leute sind. Wir haben zwei Eingaben von Bürgern und eine Anfrage des örtlichen Abgeordneten. Ich denke, Sie werden das Ganze schnell aufklären können.“

„Ich will es gerne versuchen.“

„Es handelt sich um einen Unfall in … lassen Sie mich kurz nachsehen … da ist es: in Oldenhusen. Ein Toter in der Deichbaustelle, Peters, leider der für den Bau zuständige Mann vom Deichverband. Sie kennen den Fall?“

„Ja, ich weiß. Die Sache ist vorläufig abgeschlossen, als Unfall. Auch die Berufsgenossenschaft hat den Fall inzwischen abgelegt."
„Was heißt ‚vorläufig', Herr Stoldt? Haben die Beschwerdeführer etwa recht?"
Stoldt hörte die aufkommende Unzufriedenheit in der Stimme. „Was sagen denn die Beschwerdeführer?"
„Sie sagen, dass Ihre Dienststelle in der abgeschlossenen Unfallsache Peters weiter ermittelt. Wenn Sie mir die Bemerkung erlauben: Ich finde Ermittlungen in einer abgeschlossenen Unfallsache … nun, sagen wir … ungewöhnlich. Bürgermeister Blau macht sich Sorgen, sagt der Herr Abgeordnete, weil durch Ihre Untersuchungen Unruhe in der Bevölkerung entsteht. Er sprach von einem deutsch-polnischen Ehepaar, das zunehmend in das Gerede der Bürger gerät. Sie schüren damit Ausländerfeindlichkeit, Herr Stoldt, und das in einer kleinen, überschaubaren Stadt mit ihren empfindsamen Strukturen in der Bevölkerung! Der ‚Deichgraf' beklagt sich über belästigende Maßnahmen durch einen Ihrer Beamten, Durchsuchungen ohne richterliche Anordnung. Sie lassen, ohne den zuständigen Richter zu fragen, die Unterlagen des Verbandes durchsehen? Wir müssen uns doch sehr wundern! Lassen Sie mich ausreden, Herr Stoldt, dann haben wir alles auf dem Tisch. Der Vater des Verunglückten beklagt, dass Ihr Mitarbeiter die Familie und insbesondere den verunglückten Sohn ins Gerede bringt. Das schädige den guten Ruf der Familie und seines Geschäftes. Er erwäge, so sagt er, eine Schadenersatzklage wegen übler Nachrede! So. Nun sind Sie dran, Herr Stoldt. Was soll ich dem Herrn Minister berichten? Sagen Sie mir, dass das alles nicht zutrifft!"
Herbert Stoldt hatte vergeblich versucht, den Redefluss mit Antworten und Richtigstellungen zu unterbrechen. Wie hätte er auch die unübersichtliche Lage mit wenigen

Worten überzeugend darstellen können? Dass einige Maßnahmen am Rande der Legalität waren, musste er im Stillen eingestehen. Aber irgendwie verstand er auch Jensen, er kannte dessen Spürnase. „Herr Fischer“, fragte er schließlich, „haben Sie gerade eine Münze in der Tasche. Sehen Sie doch bitte einmal nach.“

„Was soll das jetzt? Ich warte auf Ihre Antwort, Herr Stoldt!“ Stoldt hörte an den Geräuschen im Hintergrund, dass Fischer seine Geldbörse öffnete. „Ich habe eine 2-Euro-Münze. Und was hat das mit den Eingaben zu tun?“

„Ah, ich habe verstanden: Auf der einen Seite steht ‚2 Euro‘. Drehen Sie doch bitte die Münze einmal um.“

„Bei allem Respekt, Herr Stoldt! Ich habe Sie mit Ihrem Dienstgrad bisher für einen ernsthaften Menschen gehalten. Was soll das nun? Auf der Rückseite ist eine irische Harfe.“

„Sehen Sie, Herr Fischer: Jede Münze hat zwei Seiten. Und die zweite Seite kann so unterschiedlich aussehen. So wie die Ihnen vorliegenden Eingaben. Mein Mitarbeiter ist davon überzeugt, dass es sich nicht um einen Unfall gehandelt hat. Aus ermittlungstaktischen Gründen kann ich auch Ihnen noch keine Erklärungen über den Stand der Ermittlungen abgeben. Lassen Sie mir eine Woche Zeit, ich denke, dass wir dann einen entscheidenden Schritt weiter sind.“

Fischer reagierte verunsichert: „Und was soll ich dem Herrn Minister sagen? Was soll er den Beschwerdeführern sagen? Sie können sich nicht vorstellen, wie uneinsichtig Abgeordnete mit dem Herrn Minister umgehen, wenn er keine klaren Antworten geben kann.“ Aber dann fiel ihm noch eine berechtigte Mahnung ein: „Aber keine illegalen Methoden mehr. Zumindest das erwartet der Herr Minister von Ihnen! Und pfeifen Sie Ihren Mann zurück! Wir er-

warten dann Ihren Bericht, schnellstmöglich, spätestens in einer Woche!“
Stoldt legte den Hörer auf. ‚Da kann ich nur hoffen, dass Jensen nicht mit leeren Händen zurückkommt!‘, ging es ihm durch den Kopf.

26
Erkenntnis

JENSEN HATTE SICH kurz vor dem erhofften Ziel gesehen, und nun diese Absage! „Ich verstehe Sie nicht, Herr Boylle! Sie sagten, mit den Zugangsdaten könnten Sie das Konto aufrufen!“

„Richtig, Herr Jensen. Und das habe ich auch getan. Aber … leider …“. Boylle zögerte mit seiner Antwort, so als wisse er nicht recht, wie er sich ausdrücken solle. Ärger stieg in ihm auf. Wie sollte er den Besuch des deutschen Kriminalbeamten verstehen? Für das Bankhaus war die Welt doch in Ordnung! Eine tiefe Falte war auf seiner Stirn entstanden, sodass sich seine blassen Augenbrauen unwillig über der Nasenwurzel verneigten.

„Aber?“ Es fiel Jensen schwer, seine Ungeduld nicht zu zeigen.

Scot Boylle drehte den Bildschirm seines Computers, sodass Jensen die Anzeigen sehen konnte. „Sehen Sie selbst, Herr Jensen: Seit wenigen Tagen steht das Konto auf Null. Das Konto ist leer, aufgelöst worden. Der Bestand des Kontos wurde ausgezahlt, sehen Sie hier: in bar.“

Jensen sah es: Der Bestand von über einhundertsechzigtausend Pfund Sterling war ausgebucht worden! Das erklärte Boylle's Verstimmung! Aber wer in der Familie hatte von dem Konto gewusst? Musste er dann nicht auch die Herkunft des Geldes kennen? Das Bild des Vaters, Walter Peters, tauchte in seiner Erinnerung auf, wie er sich in der Trauerfeier auf dem Betriebshof über Jensens Fragen entrüstete. „Das verstehe ich nicht, Herr Boylle. Wie kann das geschehen sein? Der Mann, über den wir sprechen, ist tot.“

Boylle wollte es sich zunächst einfach machen, entschloss sich dann aber, seinen Mitarbeiter, der die Auszahlung be-

arbeitet hatte, zu befragen. Er ließ sich von Kirk Edwards die Unterlagen bringen.
„Ein Bruder des Verstorbenen, Ulf Peters, hat das Konto aufgelöst.“
Jensen hatte die Überraschung schnell verkraftet. „Es gibt keinen Bruder Ulf. Jan Uwe Peters hatte keinen Bruder. Das steht fest!“
„Aber sehen Sie doch: Wir haben natürlich den Pass kopiert.“ Boylle war inzwischen verunsichert und hatte den herablassenden Zug in Mimik und Sprache verloren.
Jensen sah es sofort: Das Gesicht war ihm bekannt, der Pass war gefälscht. „Herr Boylle, so leid es mir tut: Der Pass ist gefälscht. Wenn Sie es erlauben, rufe ich die Passbehörde an, um das zu überprüfen.“
Boylle nickte mit abwesendem Blick und wies auf das Telefon. Nach wenigen Minuten kam die erwartete Bestätigung: Es gab keinen Ulf Peters, die Nummer des Reisepasses gehörte zu einem vor längerer Zeit gestohlenen Bestand.
Trotz allem, was Boylle auf seinem beruflichen Weg erlebt haben mochte, verwirrte ihn die Situation: „Es gibt aber die Bescheinigung des Nachlassgerichtes! Dann ist sie auch nicht wirksam?“ Es war noch keine Feststellung, mehr eine verzweifelte Frage.
Jensen griff erneut zum Telefon und rief das Amtsgericht in Meldorf an. Der Rechtspfleger hatte die Akte Peters noch griffbereit: „Das ist kein von uns ausgestellter Erbschein. Der Wortlaut entspricht nicht unserem Recht. Das Aktenzeichen ist mir unerklärlich. Außerdem schreiben wir seit der Zusammenlegung vor ein paar Jahren als Amtsgericht Heide. Nicht mehr Meldorf, verstehen Sie?“
Schweigen legte sich über die Gruppe.
Boylle war der erste, der die nachdenkliche Stille unterbrach. „Wenn es sich so verhält, ist es zwecklos, in den

anderen Bankhäusern nach einem Kunden dieses Namens an demselben Tag und nach dem Verbleib des Geldes zu fragen.“ Die Rückschlüsse, die man dort gezogen hätte, wären ihm peinlich gewesen. Außerdem sagte ihm seine Erfahrung, dass keine Spuren auffindbar wären.
Für Boylle war es ein ‚schwarzer Tag‘, nicht so sehr die Tatsache, dass Unbefugte mit gefälschten Unterlagen ein Konto geleert hatten, sondern dass diese Tatsache gerade den Besuchern bekannt geworden war. Geriete die Information in die Öffentlichkeit, die Folgen wären nicht abzusehen! Wie ließe sich Schaden von der Bank abwenden? Für seine Kooperation könnte er doch zumindest absolute Vertraulichkeit erwarten.
Jensen schwankte zwischen Befriedigung und Besorgnis. Sein Gefühl hatte ihn nicht getäuscht, seine Unnachgiebigkeit hatte zum Erfolg geführt: Es wurde immer deutlicher, dass sonderbare Umstände mit dem angenommenen Unfall Peters verbunden waren. Gestohlener Reisepass, gefälschte amtliche Dokumente: welche Kräfte wohl im Hintergrund mit der Angelegenheit beschäftigt waren? Bliebe das noch ein Verfahren in der Zuständigkeit seiner Dienststelle? Oder würde man jetzt nicht das BKA einschalten, eine Sonderkommission gründen müssen?
Aber ab jetzt hatte Jensen das Gesicht eines Verdächtigen! Unwiderlegbar das Gesicht eines Beteiligten! Roman P.! Würden sie ihn jetzt in Untersuchungshaft nehmen und verhören oder nur beobachten, um weitere Sachverhalte ermitteln zu können? Es war wie so oft: Je mehr Antworten vorlagen, umso mehr Fragen ergaben sich!
Jensen bat um Kopien der gefälschten Dokumente.

27
Gemischte Gefühle

BÄRBEL WAR ZORNIG. Sie hatte noch kein anerkennendes Wort für ihn nach seiner Rückkehr und für die knappe Schilderung der Ergebnisse seiner Reise gefunden: „Hättest du nicht wenigstens einmal anrufen können? Drei Tage! Geht eine solche Nachfrage eigentlich nicht über das Internet? Und wenn du schon hinfliegen willst: Erledigen Andere das nicht bis zum Rückflug mit der Abendmaschine?"

„Du kannst nicht von Deutschland aus nach Douglas fliegen, Bärbel. Das geht immer nur über London. Und dort musste ich mit dem deutschen Botschafter sprechen. Das braucht alles seine Zeit."

„Du sagst: du musstest. Und dafür musst du dein privates Geld einsetzen? Unser gemeinsames Geld? Erst Kaliningrad, jetzt die Insel Man! Und morgen? Wo ‚musst' du morgen hin?"

„Nun rege dich doch bitte nicht auf, Bärbel. Das Geld bekomme ich wieder zurück, Reisekostenabrechnung heißt das. Ich habe Erfolg gehabt, Bärbel! Ich bin mit Beweisen zurückgekommen. Ich habe Recht bekommen! Wir wissen noch nicht alles, aber es ist eine große, internationale Sache." Er war so stolz auf seinen Erfolg gewesen, und nun musste er sich verteidigen! Aber in ein paar Tagen würde sie das auch anders sehen, manchmal war Bärbel so, hatte wohl ihre Tage.

Das Gespräch am folgenden Morgen mit Stoldt, seinem Vorgesetzten, war schwieriger: „Sind Sie sicher, dass der Mann auf dem Passfoto Roman Prziwatzki aus Oldenhusen ist?" Stoldt war noch skeptisch, sah zwar das Bild in der Kopie einer Kopie des Reisepasses, kannte den Mann aber nicht vom Ansehen wie Jensen.

„Ich habe in Oldenhusen mit ihm gesprochen. Die Frisur ist kürzer und der Bart voller. Aber es gibt für mich keinen Zweifel: Es handelt sich um Roman P."

„P? Ach so, der schwierige Namen. P! Gut. Aber der Reihe nach."

Jensen begann eifrig aufzuzählen: „Geld aus Russland, genau: aus Kaliningrad, für Deichbaumeister Peters, vermutlich Bestechungsgeld; das Geld landet auf einem Konto auf der Insel Man; zwei Aufträge über Deichbauarbeiten, bei denen Peters sich nachdrücklich, aber erfolglos zugunsten polnischer Anbieter einsetzt; Peters' Tod, bisher als Unfall eingestuft; das Geld auf der Insel Man wird mit gefälschten Dokumenten abgeholt, Ziel unbekannt; Täter ist ein arbeitsloser Landarbeiter mit polnischer Staatsangehörigkeit aus dem Umfeld von Peters."

Polizeioberrat Stoldt hatte die Lücke im Zusammenhang der bekanntgewordenen Tatsachen im Auge: „Was uns fehlt, sind Antworten auf die Frage: Wie hängt das mit dem Tod von Peters zusammen? Wie wird dadurch aus einem Unfall ein Mord?"

„Greifen wir uns Roman P.? Fragen wir ihn doch nach der Herkunft der gefälschten Dokumente und nach dem Verbleib des Geldes. Vielleicht redet er auch über andere Dinge."

„Ich weiß nicht: Da scheint so viel Professionalität im Hintergrund beteiligt zu sein, und eventuell geht es ja auch um Mord, da wird Roman sich um seine eigene Sicherheit sorgen und aus Angst nicht reden."

„Aber er will wieder in seine Heimat, nach Polen, zurück. Das hat Magda, seine Frau, mir gesagt. Vielleicht hängt das mit seiner Beteiligung an dem Fall und mit dem Geld zusammen. Er darf uns nicht entwischen!"

Stoldt schüttelte nachdenklich den Kopf: „Jensen, Jensen! Das ist eine Nummer zu groß für uns. Das Bundeskriminalamt ist für Kriminalität mit internationalem Hintergrund und für den polizeilichen Verkehr mit den Ermittlungsbehörden im Ausland zuständig. Ich informiere das Innenministerium und weise besonders auf die Dringlichkeit hin."

Das hatte Jensen schon befürchtet. Damit würden ihm die Ermittlungen aus der Hand genommen. ‚Sein Fall' würde zu ‚ihrem Fall'. Aber es musste sein! Das BKA hatte andere Möglichkeiten und vielleicht auch andere Erkenntnisse! Das Verdienst, hinter dem Tod Peters' mehr als einen Unfall vermutet zu haben, bliebe ihm trotzdem.

„Und, Jensen, behalten Sie den Verdächtigen im Auge. Er darf uns jetzt nicht mehr entkommen! Ich fordere einen zusätzlichen Mann aus der Mordkommission oder aus der Ermittlungsgruppe in Itzehoe zur Verstärkung an. Und holen Sie inzwischen schriftliche Stellungnahmen der Behörden zu den kopierten Dokumenten ein." Als ob Jensen nicht selber gewusst hätte, was notwendig wäre. Aber es war angenehm, zu wissen, dass der Vorgesetzte jetzt in dieselbe Richtung blickte.

Jetzt hatten sie einen begründeten Verdacht und eine Spur! Alles Folgende wäre gewissenhafte Kleinarbeit. Können, Fleiß und Glück wären notwendig, um zum Ziel zu kommen. Das Glück, auf die entscheidenden Hinweise zu stoßen, sie zu erkennen. Aber Glück gab es nicht in der Waffenkammer.

28
Zwei Verdächtige

JENSEN SASS AUF der Bank gegenüber dem Kiosk auf dem ZOB. Er sollte Roman P. nicht aus den Augen lassen, konnte sich aber nicht gut auf den Gehweg vor dem Wohnhaus setzen, in dem Romans Wohnung lag. Die Straße konnte er von seinem Platz aus einsehen. Tausend Gedanken, die den Fall Peters betrafen, gingen ihm durch den Kopf. Die Sonne brannte herab und lange würde er das nicht aushalten, sich bald einen schattigeren Platz suchen müssen.

Wenn er Roman P. richtig einschätzte, würde er im Laufe des Nachmittages zum Kiosk kommen, um sein Bier zu trinken. Dann könnte er versuchen, mit ihm ins Gespräch zu kommen. Anderenfalls würde er ihn abends zu Hause aufsuchen.

Jensen war inzwischen davon überzeugt, dass Peters nicht durch einen Unfall zu Tode gekommen war. Roman P. hatte sich zwar verdächtig gemacht, weil er zur Auflösung des Kontos nach Douglas geflogen war und das Geld anderweitig untergebracht hatte. Roman war ohne Aktentasche auf dem Heimweg gesehen worden, und sein Lebensstil sah nach seiner Rückkehr auch nicht nach mehr Geld aus. Also musste das Geld zwischen der Zurich Bank in Douglas und der Ankunft Romans in Hamburg seinen Besitzer gewechselt haben. War er nur ein Gehilfe, der nach dem Tode Peters' das Geld wieder zurückholen sollte und hatte gar nichts mit Peters' Tod zu tun? Wie kam dann seine Geldbörse auf den Weg am Deichfuß?

Wenn nicht Roman, wer dann? Magda? Die mit Peters ein Verhältnis hatte und kurz vor dem vermutlichen Todeszeitpunkt mit Peters auf der Deichbaustelle noch zusammen war? Jensen konnte sich viele Gründe denken, die eine

Frau veranlassen könnten, handgreiflich zu werden. Aber es gab keinerlei Hinweise darauf. Sie war im Baubüro gewesen, hatte Geschlechtsverkehr mit Peters, der wenige Stunden später tot in der Baugrube gefunden wurde.
Wenn auch nicht Magda, wer dann? Der Wirt des Ausflugslokales auf dem Deich, für dessen Anwesenheit am Tatort es aber keinerlei Hinweise gab? Nur dessen Verzweiflung über die wirtschaftliche Lage des Betriebes und die in diesem Zusammenhang gemachte Äußerung, er hätte Peters umbringen können. Einer der Dorfbewohner, dessen Frau von Peters verführt worden war? Ein anderer soll gesehen haben, ‚wie Peters mit der Schrotflinte über den Deich gejagt wurde'. Einer der Landbesitzer, dessen Äcker durch vernachlässigte Instandsetzungsarbeiten an den Fleeten geschädigt wurden? Die Ertragsstärke der Marschländereien war der Stolz der Bauern, aber es wurde viel über eine Unzufriedenheit der Hofbesitzer mit der Entwässerung ihrer Ländereien geklagt.
Aber Peters deshalb gleich umbringen? Vielleicht wollte ihm jemand nur einen Denkzettel verpassen: Im Dunkeln überfallen und verprügelt, aus Angst weggelaufen, bei der Nässe ausgerutscht und leider in die Baugrube gefallen?
Es gab auch hierfür keinerlei Hinweise. Wer blieb übrig? Wer hatte einen Grund? Nur Roman, wegen des Geldes, und Magda, wegen ihres Verhältnisses mit Peters und ihrer Anwesenheit am Tatort.
Sein Warten blieb erfolglos. Es hatte ihm lediglich die Gelegenheit gegeben, noch einmal über alle Erkenntnisse nachzudenken und die Liste der Verdächtigen mit guten Gründen auf die beiden zu konzentrieren: Roman und Magda. Und wenn sie es gemeinsam getan hätten? Der Gedanke als neue Möglichkeit traf ihn wie aus heiterem Himmel! Magda erfährt von dem Geld in Douglas, sie hat ja alle Zeit, um auch Unterlagen in dem Baubüro durchzu-

sehen, und findet Kontoauszüge. Sie verführt Peters zum Geschlechtsverkehr, bei dem sie und Roman ihn überwältigen und in die Baugrube werfen. Dann holt Roman sich das Geld und beide trennen sich, vielleicht nur vorläufig, und verlassen den Ort, um Spuren zu verwischen! Diese Theorie würde die meisten offenen Fragen beantworten! Wenn auch nicht alle: Wie etwa kam Roman an die professionell gefälschten Dokumente? Aber die hätte er in Hamburg auf der Reeperbahn schon beschaffen können!

Am frühen Abend suchte Jensen die beiden in ihrer Wohnung auf.

Roman saß in einem Sessel am Fenster vor dem laufenden Fernseher und erhob sich noch nicht einmal, als Jensen eintrat. Er wirkte gelangweilt, verfolgte kaum das Programm auf dem Bildschirm. Er trug zu einer grauen Hose ein Hemd mit hellem Streifenmuster, darüber einen weiten, ärmellosen Pullover und braune Halbschuhe. In der Ecke hinter dem Sessel stand ein Koffer.

Magda hatte auf dem Sofa gesessen, auf dem Tisch an ihrem Platz eine noch halb gefüllte Tasse Kaffee, während Roman Bier aus einer Flasche trank. Es gab keine erkennbaren Vorbereitungen für das Abendessen. Magda wirkte nervös, ihre Augen waren ängstlich und unruhig. Sie war für ihre Verhältnisse sorgfältig gekleidet, mit einer hellen Hose und einem nicht zu engen Shirt, hatte Lippenstift aufgelegt und die Augenbrauen nachgezeichnet. Die Fülle ihrer dunkelblonden langen Haare hatte sie mit einer Spange zu einem Pferdeschwanz zusammengefasst. Um den Hals trug sie eine silberne Kette mit einem kleinen Anhänger in Form eines Kleeblattes.

Sie sahen beide aus, als wollten sie noch heute verreisen!

„Ich hoffe, ich störe Sie nicht zu sehr in Ihrem Feierabend“, begann Jensen. Er hatte Roman am Kiosk mit ‚Du‘ angesprochen, ohne seinen Vornamen zu verwenden,

Magda hatte er in dem Gespräch mit ‚Sie' und ihrem Vornamen angeredet.
Magda bot ihm Platz in dem zweiten Sessel an: „Möchten Sie etwas trinken? Roman hat noch ein Bier übrig." Jensen verneinte. Er sah sich das Gesicht von Roman an: die Frisur, der Bart, genau wie auf dem Passfoto! Hatte er doch gleich gewusst!
„Roman, Sie waren ein paar Tage verreist. Ist alles gut gegangen?"
Roman sah ihn von der Seite über den Tisch misstrauisch an, ohne ein Wort zu sagen.
„Ich meine: eine gute Reise gehabt? Gute Arbeit gehabt?"
„Es geht. War nicht so schwierig." Roman sah aus dem Fenster.
„Und Sie wollen schon wieder verreisen?" Jensen wies auf den Koffer in der Zimmerecke.
„Der ist noch leer. Der steht da nur so."
„Aber Sie wollen wieder verreisen? Ihre Frau hat mir gesagt, dass Sie nach Polen zurück wollen?"
Roman reagierte unwillig: „Wird sich zeigen. Die Weiber sollen nicht so viel quatschen. Warum redest du mit meiner Frau, wenn ich nicht dabei bin?"
„Ich wollte mit Ihnen reden, aber Sie waren nicht zu Hause. Da habe ich mich eben mit Ihrer Frau unterhalten. War ein interessantes Gespräch."
Roman sah seine Frau wütend an. Dann zuckte er mit den Achseln, sah sich wieder das Programm im Fernseher an.
„Und das Geld?" Jensen tat, als wisse er nichts von dem abgeräumten Konto. „Ich meine, nach Polen umziehen, das kostet doch eine Menge Geld."
Bei dem Wort ‚Geld' war Roman kurz zusammengezuckt. Jetzt entspannte er sich wieder: „Für die Fahrkarte reicht es irgendwann gerade noch."

„Wissen Sie schon, wo Sie leben werden? Ich brauche Ihre Anschrift. Es kann doch sein, dass ich Sie in Kürze besuchen komme."
Roman runzelte die Stirn, sah Jensen an, antwortete aber nicht. Magda hatte still auf dem Sofa gesessen, nur ihre Hände verrieten ihre Unruhe, sie zogen ständig an der Tischdecke, um Wellen und Falten zu glätten.
„Und Sie, Magda, bleiben hier? Wollen Sie immer noch nicht mit nach Polen fahren?"
„Er will mich ja nicht mitnehmen, wenn er fährt!" Sie wies kurz auf Roman.
„Und Sie bleiben hier in Oldenhusen, hier in der Wohnung?"
„Ja, zunächst einmal. Mal sehen, was wird."
„Und was ist mit seinem Geld?" Jensen wies auf Roman. „Wovon wollen Sie dann in Zukunft leben?"
Diesmal war Roman bei dem Wort ‚Geld' nicht unruhig geworden. Er wechselte im Fernsehen den Kanal.
„Sein Geld? Dass ich nicht lache! Der hat doch nichts. Wenn ich nicht arbeiten würde, dann würde Roman doch verhungern!"
„Magda, ich glaube, Roman hat mehr Geld, als er Ihnen erzählt. Seit dem Unfall von Peters trägt er neue Kleidung, neue Schuhe, er geht zum Friseur, er reist viel, vielleicht bis nach Polen. Kommt Ihnen das nicht auch seltsam vor?"
Roman fuhr hoch: „Was hat das alles mit dem Unfall von Peters zu tun! Willst du immer noch sagen, ich sei daran schuld gewesen? Vielleicht hat sie ihn ja umgebracht!" Er wies auf seine Frau.
Magda geriet in Rage: „Du weist genau, dass ich es nicht gewesen sein kann. Ich war um kurz nach neun Uhr zu Hause. Und ist das nicht erst später geschehen?" Sie hatte sich an Jensen gewandt.

Jetzt hatte Jensen sie so weit wie geplant: Sie begannen, sich gegenseitig zu beschuldigen! „Also könnte Roman ihn in die Baugrube gestoßen haben, nachdem Sie, Magda, nach Hause gegangen waren? War Roman auf dem Baugelände? Oder haben Sie ihm dabei geholfen?"
Roman fuhr zornig auf: „Raus aus der Wohnung!", brüllte er. „Das brauchen wir uns nicht gefallen zu lassen! Das war ein Unfall, hast du selbst gesagt! Solche Fragen, solche Verdächtigungen! Ich will nichts mehr davon hören!" Er stürmte auf Jensen zu.
Jensen war sich bewusst, dass es ungesetzlich und dazu unklug gewesen war, alleine in die Wohnung zu gehen und derartige Fragen zu stellen. Er wollte es nicht riskieren, dass es zu Handgreiflichkeiten käme. Er hatte nur beabsichtigt, Unruhe zwischen den Beiden zu stiften, und das war ihm auch gelungen. Vielleicht würde jetzt einer in der nächsten Zeit mehr über den anderen sagen. Er sprang auf und verließ eilig die Wohnung.

29
Abschied

AM ABEND DES Vortages, nachdem der Kriminalhauptkommissar die Wohnung verlassen hatte, war es spät geworden und Magda konnte, als sie schließlich im Bett lag, vor Sorgen nicht einschlafen.

„Wie kannst du behaupten, ich hätte ihn in die Baugrube gestoßen?“, fuhr sie ihren Mann an. „Traust du mir so etwas zu?“

„Und du?“, schimpfte er zurück. „Dir wäre es also recht, wenn ich es getan hätte? Glaubst du, ich habe es getan?“

„Jedenfalls warst du nicht zu Hause, als ich von meiner Arbeit kam!“

„Deine Arbeit?“, fragte er in spöttischem Ton. „Ich habe euch bei deiner Arbeit zugesehen. Vielleicht sage ich der Polizei, dass ich noch viel mehr gesehen habe.“

Magda erschrak: „Du warst vor dem Baubüro und hast uns gesehen? Hast du ihn deshalb getötet?“

Sie stritten und schwiegen eine Weile, folgten dem Fernsehprogramm auf dem Bildschirm, ohne die Handlung wahrzunehmen. Jeder hing seinen Gedanken nach, den angehörten Beschuldigungen und den geäußerten Vorwürfen. Schließlich erhob Magda sich, das Abendessen zu richten.

Während des Essens war Roman schweigsamer, abwesender, sein Blick war meist irgendwo in die Ferne gerichtet.

„Du glaubst doch nicht wirklich, dass ich es war? Aber irgendetwas ist anders mit dir. Was hast du?“, fragte Magda schließlich.

„Nichts.“

„Ich kenne dich doch lange genug, Roman. Was hast du heute?“

Roman zögerte. „Ich fahre zurück in meine Heimat.“

„Was heißt das: Du fährst in deine Heimat? Nach Polen? Wann?"
„Ich weiß noch nicht. Vielleicht übermorgen." Seine Stimme klang ruhig, emotionslos, uninteressiert. Heute Morgen war der lange erwartete dritte Anruf gekommen. Das Handy hatte gelockt: „… noch ist Polen nicht verloren …", vier Takte. Er hatte sich gemeldet, kurz, wie immer, ohne seine Unruhe zu zeigen: „Ja!?" „Du hast deine Sache gut gemacht! Gute Reise!", sagte die unbekannte Stimme, mehr nicht. Keine Namen, keine Orte, keine Absichten. Er war frei. Zum ersten Mal seit Jahren fühlte er sich frei! Seine Umgebung interessierte ihn nicht mehr.
Sie hatte ihn über seine Absicht schon früher reden gehört. So wie man über einen unerfüllbaren Wunsch, über einen Traum spricht. Jetzt kam die Gewissheit für sie überraschend. „Also doch! Schon übermorgen? Und für wie lange? Wann kommst du zurück?"
Sein Blick suchte ihr Gesicht, ihre Augen, zum ersten Mal an diesem Abend: „Für immer. Ich komme nicht zurück."
Sie brauchte einen kurzen Moment, das Gehörte zu begreifen. Dann erschrak sie, die Erkenntnis, dass er es ernst meine, traf sie plötzlich, verursachte ihr aber keinen Schmerz mehr. Es war eher das Gefühl ‚Also doch! Ich hätte es dem Mann von der Kriminalpolizei glauben sollen!'. Aber die Gleichgültigkeit, mit der Roman gesprochen hatte, die scheinbare Unabänderlichkeit, die sie herausgehört hatte, die Endgültigkeit taten ihr weh. Ihr Herz begann plötzlich zu rasen: „Das verstehe ich nicht. Was ist mit mir? Mit der Wohnung? Fahre ich nicht mit dir?"
Er hatte in diesem Zögern gesehen: ‚Sie wird die Entscheidung hinnehmen!' Sie hatte es wohl geahnt, seit einiger Zeit erwartet, nach seinen früheren Andeutungen. Es würde wohl leichter fallen als erwartet: „Nein. Ich fahre alleine."

„Aber was wird aus uns? Hast du dort Arbeit gefunden?"
„Ich habe genug Geld für mich. Ich werde nicht mehr arbeiten. Und ‚uns'? Du brauchst mich nicht. Du kannst dort, wo ich hingehe, nicht leben. Bleibe hier in der Wohnung oder in dieser Stadt oder gehe zurück in dein Dorf, das ist deine Angelegenheit."
Seine Stimme war wieder gleichgültig geworden, seine Anspannung war verflogen, was gesagt werden musste war gesagt worden, ohne dass es große Probleme ausgelöst hätte.
Und sie? Sie kannte ihn genau. Sie wusste, dass es keinen Erfolg bringen würde, zu betteln: ‚Bleibe doch bei mir!', oder: ‚Dann nimm mich wenigstens mit, wo du lebst, da will auch ich leben!' Das hätte er ihr auch nicht geglaubt. Sie konzentrierte sich, biss sorgfältig in ihre Schnitte Brot. Mehr als die Ankündigung, dass er sie verlassen würde, vielleicht schon übermorgen, machte die Erkenntnis ihr zu schaffen: ‚Dann wird auch alles das wahr sein, was der Mann von der Kriminalpolizei gesagt hat! Mein Gott: Was mache ich jetzt?' Sie sah kurz zu ihm hinüber: Beobachtete er sie? Wartete er auf eine Reaktion, auf den Ausbruch eines Streites, auf ihr Weinen? Er sah gleichgültig zum Fenster hinaus, so als sehe er dort den Anblick seiner Heimat. Nein, sie würde an der Mitteilung nicht zerbrechen! Sie spürte ihren Zorn auf ihn anwachsen. Sie würde sich nicht einen Mord an Peters anhängen lassen, um ihm die Abreise zu erleichtern!

30
Hektische Tage beginnen

MORGENS KAM POLIZEIOBERRAT Stoldt in Jensens Büro, eine Frau hinter sich: „Jensen, das ist Kommissarin Hanna Daubner. Sie wird Ihre Ermittlungen im Fall Peters unterstützen. Jetzt will ich aber Ergebnisse sehen!"
Kommissarin Hanna Daubner. Was hatte er sich erhofft an Unterstützung aus der Ermittlungsgruppe? Einen greisen Hellseher? Einen bunt gekleideten Zauberer? Einen Mann mit einer großen Pistole im Schulterhalfter, mit dem er auch ein Bier hätte trinken können? Jedenfalls einen Mann. Einen erfahrenen Ermittler. Hanna Daubner schien von allem das Gegenteil zu sein. Er schätzte sie auf Anfang dreißig. Sie war von mittlerer Größe. Sie war nicht schlank, aber auch nicht kräftig, ihre Maße lagen eher so im mittleren Bereich. Ihre braunen Haare waren glatt und zu einem kurzen Pferdeschwanz gebunden. Kein Lippenstift betonte ihren Mund, der mit vollen Lippen ihrem ungeschminkten Gesicht einen etwas unschuldigen Ausdruck gab. Mit großen flinken Augen erfasste sie ihre Umgebung. Sie trug ihre Kleidung weit und nicht körpernah, damit war es ihr gelungen, die wahrscheinlich vorhandenen Rundungen ihres Körpers unauffällig werden zu lassen: eine Hose aus schwarzem Fein-Cord, die sie mit einem schmucklosen Ledergürtel trug, eine karierte Bluse wie ein Holzfällerhemd und eine weite hellgraue Windjacke. Er hätte sie übersehen, hätte er nicht bewusst hingeschaut.
Jensen war der Meinung, sie müssten sich doch ein wenig kennenlernen, bevor sie zusammenarbeiten könnten. Als er sie fragte, wo sie wohne und was sie bisher bearbeitet habe, blockte sie ab: „Dafür haben wir später vielleicht Zeit. Herr Stoldt will Ergebnisse. Zeige mir deinen Fall

und dann lass uns entscheiden, wie es weitergeht.“ Sie machten sich an die Arbeit.
Am späten Vormittag fuhren sie nach Oldenhusen. Jensen zeigte ihr die Innenstadt mit dem ZOB, die Baustelle, auf der das neue Gebäude aus dem Deich emporwuchs, und die Gaststätte auf dem Deich. Als sie am ZOB und an dem Kiosk vorbeigehen wollten, begegneten sie Roman P.
„Ahh, du bist doch der Mann von der Polizei“, sagte Roman, unaufgefordert, als seien sie alte Freunde. „Kommst du Magda holen?“
„Das ist Roman P. und Magda ist seine Frau“, erklärte Jensen seiner Kollegin, um dann an Roman gewandt fortzufahren: „Warum sollen wir deine Frau holen?“
„Naja, ich habe dir doch gesagt, vielleicht hat sie es getan. Sie war doch vorher mit Peters zusammen. Wenn das kein Grund ist …“
„Aus demselben Grund könnten wir dich auch mitnehmen. Vielleicht hast du sie zusammen gesehen und dann der Sache ein Ende gemacht.“
Roman lachte. Er lachte mit einer unerwarteten Selbstsicherheit: „Könntest du. Aber du hast nur Lügen. Du weißt nichts. Du kannst nichts beweisen. Du kannst auch den Baum mitnehmen, oder die Mülltonne, oder den Abfallkorb …“ Er drehte sich um und ging die Straße wieder zurück, dorthin, woher er gerade gekommen war.
Kommissarin Daubner hatte sich abgewendet. „Er soll sich mein Gesicht nicht einprägen“, sagte sie zur Erklärung. „Ist eine harte Nuss, der Pole“, stellte sie fest.
Kaum waren sie am frühen Nachmittag zurück in Jensens Büro in Heide, rief Magda an. „Bist du der, der bei uns war? Gut. Ich muss mit dir reden. Aber Roman darf das nicht merken.“

Sie verabredeten, dass Magda den Fußweg der Bundesstraße nach Heide nehmen solle, er werde sie dort um sechzehn Uhr treffen.

31
Ein verräterischer Fund

IN DER NACHT und am Morgen des folgenden Tages lebten sie wie seit einiger Zeit gewohnt aneinander vorbei. Roman begann nach dem Frühstück, seinen Koffer zu packen.

„Du kannst doch nicht einfach so wie du bist fahren“, sagte Magda. „Ich wasche dir noch ein paar Sachen, bis morgen sind die wieder trocken.“

Gleichgültig zuckte Roman mit den Schultern. Es interessierte ihn nicht, ob seine Wäsche frisch gewaschen war. Aber so war Magda nun einmal. Sie ging ihren hausfraulichen Pflichten nach, obwohl seine angekündigte Abreise sie verunsicherte. Er verließ die Wohnung, um zum Kiosk zu gehen.

Magda machte sich mit vom Schlafmangel der letzten Nacht geröteten Augen an die Arbeit. Die Leibwäsche, ein paar Hemden und Shirts, Strümpfe. Hinten im Kleiderschrank lag eine Hose mit bis zu den Knien verschmutzten Beinen. Sie würde noch in die Waschmaschine passen. Als ihre Hände kontrollierend in die Taschen fuhren, fand sie einen Knopf und erschrak.

Es war ein ungewöhnlich schöner Knopf. Glänzend wie Gold. Auf der polierten Oberfläche zwei mattierte Buchstaben: ein P und ein L. Sie erkannte ihn sofort! Sie steckte den Knopf in ihre Tasche. Das würde sie dem Mann von der Polizei sagen müssen!

Roman kam zurück, schneller als erwartet. „Was machst du da?“, fragte er sie, als er den geöffneten Kleiderschrank sah.

„Ich wasche deine Sachen. Für die Reise. Du sollst wenigstens sauber verreisen. Die Hose ist auch in der Maschine.“

Roman stürzte zum Schrank, öffnete dessen Türen weit, suchte den Schrankboden ab. „Hast du sie gefunden?“, herrschte er Magda an. „Wo hast du sie? Gib sie mir!“
„Den Knopf?“, fragte Magda verwirrt. „Das ist ein Knopf und ich weiß genau, wem er gehört hat.“
Er griff nach ihr, drehte gewaltsam ihre Arme auf den Rücken, ohne auf ihre Abwehr und ihre Schmerzensschreie zu achten. Dann durchsuchte er die Taschen ihrer Kleidung: „Du hast sie also. Gib sie mir“, forderte er, „ich muss sie haben.“ Er fand das Gesuchte in ihrer rechten Hosentasche, unter dem Schlüsselbund. Dann hielt er ihr zornig den Fund vor ihr Gesicht: „Siehst du das, du dummes Weib? P und L. Das ist die Abkürzung von Polen! Von meiner Heimat! Die Münze brauche ich dort. Und jetzt geh und mache deine Arbeit!“ Er gab sie frei, stieß sie von sich und steckte das Objekt ihres Streites in seine rechte Hosentasche, in die kleine Stecktasche, in der es besonders sicher aufbewahrt würde.
Sie wagte es nicht, ihm zu widersprechen. Er hatte sie gelehrt, den Ausbrüchen seiner Gewalt aus dem Wege zu gehen. Aber sie wusste, dass es keine Münze war. Sie wusste es!
Während Roman sich nachmittags mit den wenigen Gegenständen befasste, die er in die neue alte Heimat mitnehmen würde, verließ Magda die Wohnung. Sie müsse noch für das Abendessen und für seine Reise einkaufen, sagte sie ihm.
Aber zunächst musste sie telefonieren. Die Wartezeit verbrachte sie bei einer Tasse Kaffee in der Cafeteria des Supermarktes. Bedenken kamen ihr. Sie dachte noch einmal über die Folgen nach, aber ihr Entschluss stand fest! Rechtzeitig zur abgesprochenen Zeit begab sie sich auf den Weg zu dem vereinbarten Treffpunkt. Sie sah sich an

jeder Straßenecke um, ob Roman ihr nicht heimlich folge. Etwas atemlos erreichte sie den vereinbarten Treffpunkt. Hinter dem Ortsschild wartete Jensen bereits in seinem Auto auf sie. Sie stieg ein. „Wer ist die Frau auf dem Rücksitz?“, fragte sie misstrauisch.
„Kümmere dich nicht um sie, Magda. Sie zeichnet nur unser Gespräch auf. Damit wir hinterher daraus ein Protokoll schreiben können. Was ist so wichtig, dass wir uns heute hier treffen müssen?“, versuchte er, sie zu beruhigen.
„Ich weiß jetzt, dass er es getan hat! Roman. Das mit Peters.“
„Und woher? Hat er es dir gesagt?“
„Nein. Er will abreisen und ich mache seine Wäsche. Auch eine schmutzige Hose. Und in der Tasche, da war der Knopf. Den habe ich sofort erkannt.“
Jensen merkte, dass der Knopf ihr wichtig erschien. „Wie sah der Knopf denn aus?“, fragte er.
„Er ist golden. Wie echtes Gold. Er glänzt wie poliert. Und oben auf dem Knopf sind zwei Buchstaben: ein P und ein L. Und Roman sagt, das heiße Polen. Aber das stimmt nicht.“
Marga war erregt, hatte vergessen, zu atmen. „Nun mal ganz langsam“, forderte Jensen. „Du sagtest, du hättest den Knopf sofort erkannt. Warum kam er dir bekannt vor?“
„Ich habe doch schon gesagt, dass ich mit Peters Sex hatte“, erinnerte Magda und versuchte, wieder ruhiger zu sprechen. „Am Wochenende trug er immer seine gute Jeans. So hat er sie selbst genannt: die gute Jeans. Hose und Jacke. Mit den goldenen Knöpfen. Aber nur am Wochenende. Die hätte er sich in London gekauft, bei Pepe. Das habe ich mir gemerkt, wie sein Name Pe-ters. Also Pepe in London. P und L. Da würden nur die Stars einkau-

fen, sagte Peters. Das sei so teuer gewesen, davon könnte ich ein paar Monate lang im Supermarkt einkaufen."
Magda unterbrach ihren Redefluss. Sie musste Atem schöpfen. Oder war es ihr Respekt vor einer derart teuren Kleidung, von der sie noch nie vorher gehört hatte? Ein Gefühl, das den Mann ihr in einem ungewohnten Licht erscheinen ließ und sich deshalb auf alle ihre Gedanken gelegt hatte? Sie hatte es ohne nachzufragen geglaubt. „Und an dem Tag", fuhr sie dann fort, „an dem er …, also an dem letzten Tag, da trug er die Pepe-Jeans und die Jacke. Als er Sex wollte, musste ich ihm seine Hose aufmachen, das hat er immer so verlangt. Das gefalle ihm, sagte er, wie alles, was ich mit mir machen lasse. Da sah ich wieder genau diesen Knopf. Da bin ich mir völlig sicher. Das war kein genieteter Knopf wie an meiner Jeans, sondern ein richtig angenähter."
„Und einen solche Knopf hast du nun in Romans schmutziger Hose gefunden?", vergewisserte Jensen sich. „Wo ist er jetzt? Kannst du ihn mir zeigen?"
„Ja, da habe ich ihn gefunden. Und als Roman wieder zurückkam, da wurde er so wütend, ich dachte, er würde mich deswegen verprügeln. Er hat ihn mir wieder weggenommen."
Sie brachten Magda zum Ortseingang zurück. „Dann müssen wir jetzt zu Peters", sagte Jensen.

32
Hindernisse

KURZ VOR SIEBZEHN Uhr erreichten sie den Betriebshof der Familie Peters und klingelten. Das Wohnhaus war ein großes Gebäude jüngerer Bauweise, das von vielen Merkmalen historischer Architektur geprägt war. Eine prächtige, wehrhafte Tür aus Eichenholz mit Schnitzereien, die Jensen an die Museumswerkstatt in Meldorf denken ließen, empfing die Besucher. Frau Peters öffnete die Tür. Sie trug eine Kittelschürze aus kräftigem Leinen mit blauen Längsstreifen, die ihre schlanke Figur unterstrichen. Sie war dabei, das Abendessen vorzubereiten.

„Können wir Ihren Mann sprechen, Frau Peters?", fragte Jensen. Heike Peters, wie er inzwischen wusste.

„Mein Mann ist noch nicht vom Acker zurück", sagte sie. Dann sah sie den Besucher nachdenklich an: „Sie sind doch der Polizist aus Heide. Kommen Sie trotzdem herein." Sie öffnete die Tür noch weiter, blickte sich kurz um, ob auch niemand den Besuch der Polizei bei ihr beobachtet habe.

Sie hatte das Wort ‚Acker' mit, wie ihm schien, abwertender Betonung ausgesprochen. Sie hatte ihn ‚trotzdem' hereingebeten. Jensen Blick ging schnell zu Kommissarin Daubner, aber er sah in ihrem Gesicht keine Regung. War nur ihm ihre negative Ausdrucksweise aufgefallen? Sie würden hinterher darüber reden müssen.

Heike Peters hatte eine schlanke, fast sportlich wirkenden Figur, der man ihre frühere Schönheit noch ansah. Sie war nur wenig jünger als ihr Mann Walter, hatte ausgangs des Winters mit der Familie ihren sechzigsten Geburtstag gefeiert. Die Freude des Festtages war ihr nicht lange geblieben. Jensen war ihr während der Trauerfeier nicht begegnet, sodass er nicht einschätzen konnte, ob das Alter oder

der Kummer, der über die Familie gekommen war, ihr Haar hatte ergrauen lassen. Ihre Körperhaltung strahlte Disziplin und Energie aus, selbst in ihrer Arbeitsschürze. Das helle Haar war mit vielen Spangen sorgfältig hochgesteckt. Ihr Gesicht wirkte gepflegt und wurde durch ein leichtes Make-up der Augen und einen dunklen Lippenstift betont. Unter der Schürze trug sie eine weiße Bluse, die bis zum letzten Knopf geschlossen war und keinen Ausschnitt zeigte.

Sie betraten eine große Diele, die offensichtlich der zentrale Raum des großen Wohngebäudes war, mit einer den ungehinderten Blick in den Garten gewährenden Glaswand als Abschluss und mehreren abgehenden Türen. Eine breite hölzerne Treppe schwang sich auf der gegenüberliegenden Seite zu einer kleinen Galerie im Obergeschoss hinauf. Sie setzten sich vor einen offenen Kamin, in dem sauberes Holz aufgestapelt lag.

„Ich weiß, dass Ihr Mann nicht gut auf mich zu sprechen ist“, begann Jensen, wie um sich für die Störung zu entschuldigen. „Aber es gibt immer mehr Fragen zu dem Tod Ihres Sohnes, die wir noch nicht beantworten können. Wir wissen, dass es für Sie schwer ist, aber wir brauchen Ihre Hilfe.“

Heike Peters saß aufrecht auf ihrem Stuhl und hatte ihre Hände wie zu einer Faust geballt in ihren Schoß gelegt. Sie war blass mit tiefen Schatten unter den Augen, die auch das wenige Make-up nicht verbergen konnte.

„Warum lassen Sie ihn nicht einfach in Frieden? Was auch immer geschehen ist, Sie können ihn mir nicht zurückgeben.“

„Nein, Frau Peters, das können wir leider nicht. Aber wenn jemand an dem Tod Ihres Sohnes Schuld tragen sollte, dann können wir ihn nicht damit davonkommen lassen. Das müssen Sie verstehen.“

„Nein, das können Sie wohl nicht." Sie schwieg. Ihr Blick glitt von den Besuchern ab, ging wie suchend in den dunkleren Hintergrund der Diele, die im heraufziehenden Abend ihre Farben verlor. Als erwarte sie von dort eine Erklärung, einen Trost. Eine steile Falte erschien auf ihrer Stirn. Jensen tat die Frau leid. Das Gespräch würde alle ihre Erinnerungen wieder wachrufen und sie peinigen.

Heike Peters wusste, dass sie sich entscheiden müsste. Sie war eine zu Korrektheit erzogene Frau. Ihr Vater, ein evangelischer Pastor in Lübeck, hatte sie ermahnt, sich nicht unnötig auf Gott zu berufen, nur auf seine Hilfe zu bauen. „Du bist in deinem Leben für dich selbst verantwortlich", hatte er ihr eingeschärft. „Nur du alleine." Als sie als junges Mädchen leichtfertig zu einer Notlüge griff, hielt er ihr einen Spiegel vor das Gesicht. „Kannst du dir in die Augen sehen?", fragte er sie. Das war ihr eine Lehre, die sie nicht mehr vergaß.

Walter, ihr Mann, hatte ihr stets die meisten Entscheidungen abgenommen. Er plante, er entschied. Sie nahm hin, und oft erschien es ihr unerträglich.

Dann kam eine Zeit, in der Jan Uwe verreiste. Das war für junge Menschen nicht ungewöhnlich. Ihr Sohn fuhr nach England, nach London, sagte er anfangs, immer wieder, wenn er ein paar Tage die Arbeit für den Deichverband unterbrechen konnte. Er kam mit Geschenken zurück, mit teurer Kleidung. Irgendwann hatte sie ihn auch danach gefragt. „Du warst immer sparsam und bescheiden. So kenne ich dich ja gar nicht", hatte sie gesagt. „Willst du eine Frau betören?"

Jan Uwe hatte sie ernst angesehen, hatte ihre Hände ergriffen. „Mama", hatte er geantwortet, „es ist besser, wenn du nicht alles weißt, glaube mir." ‚Wie sein Vater', hatte sie mit Bedauern gedacht. Wollten die Männer sie nur in der traditionellen Rolle als Hausfrau sehen?

Seither wusste sie, dass es Geheimnisse im Haus gab. Sie wurde aufmerksamer, fand den einen oder anderen Hinweis, beobachtete und machte sich ihre Gedanken. Geheimnisse waren nicht gut.
Und dann der Sturz in die Baugrube. Sein Tod. War es tatsächlich ein schicksalhaftes Ereignis oder hätte sie etwas verhindern können, wenn sie rechtzeitig mit Walter gesprochen hätte? Nach der Trauerfeier reagierte er auf eine vorsichtige Andeutung zornig. Wusste er mehr als sie? Aber sie verstand ihn auch. Er sorgte sich um den Bestand des Betriebes. Er kämpfte um den guten Ruf der Familie. Sie verschloss sich in ihrem Kummer.
Und jetzt kam der Polizist, nachdem sie schon von den Gerüchten gehört hatte. „… wenn jemand Schuld am Tod Ihres Sohnes trägt …“, hatte er gesagt. Sie musste sich entscheiden. Ihr Blick kehrte zu Jensen zurück. „Was wollen Sie denn von mir?“, fragte sie. Vielleicht würde sie es ihm geben.
Wie lange hatten sie sich schweigend gegenübergesessen? Jensen hatte die Rührungen in ihrem Gesicht gesehen, Reaktionen ihrer Nerven auf die Bilder der Vergangenheit. Ein Zucken der Lippen, eine Verstärkung der Falte auf der Stirn. Ein leichtes Kopfschütteln, als verweigere sie sich einem Entschluss. Er hatte Kommissarin Daubner ein wie er hoffte unauffällig gebliebenes Zeichen gegeben und sie damit zur Geduld ermahnt. Er war froh, dass keine Standuhr im Hintergrund der Diele laut mahnend den Lauf der Zeit anzeigte. Jetzt war er erleichtert. Der Gewissenskonflikt schien zu seinen Gunsten ausgegangen zu sein. „Wir möchten die Kleidung sehen, die Ihr Sohn an dem Tag getragen hat. Die Hose. Die Jacke.“
Heike Peters runzelte leicht die Stirn, ihr Blick ging suchend von dem einen zu der anderen Besucherin: „Das

geht nicht“, sagte sie leise. „Die Sachen sind noch in der Reinigung. Ich mochte sie noch nicht abholen.“
Jensen war enttäuscht. „Es ist aber wichtig, Frau Peters. In welcher Reinigung? Können wir anrufen und hinfahren?“
Bis Frau Peters die Quittung der Reinigung gefunden hatte, antwortete der Betrieb nicht mehr auf telefonische Anfragen, Feierabend, niemand nahm mehr das Gespräch an. Es blieb ihnen nichts anderes übrig, als sich für den folgenden Vormittag zu verabreden. Jensen würde Frau Peters abholen, gleich um acht Uhr.
Auf der Rückfahrt riefen sie Stoldt an. „Es gibt eine neue Aussage, die einen dringenden Tatverdacht stützt. Aber Roman P. hat angekündigt, morgen nach Polen abreisen zu wollen. Wir sind auf der Rückfahrt. Machen Sie noch einen Termin mit dem Haftrichter. Der Mann darf uns nicht im letzten Moment entkommen.“
Um zwanzig Uhr saßen sie im Landgericht Itzehoe vor Richter Horrmann. Jensen trug den Stand der Ermittlungen vor und verwies auf die geplante Abreise des Verdächtigen. „Wenn sich morgen der Hinweis auf die Kleidung des Opfers bestätigt, müssen wir Roman P. festnehmen können. Da wäre es unerträglich, wenn er uns im letzten Moment entwischt wäre. Ich brauche einen Haftbefehl.“
Sie diskutierten eine Weile, bis Richter Horrmann den Erlass des beantragten Haftbefehles ablehnte: „Alleine die Fluchtgefahr reicht mir nicht aus. Die Verdachtsmomente sind mir noch zu vage. Aber halten Sie mich auf dem Laufenden.“
Jensen und Daubner saßen noch eine Weile im Auto und diskutierten darüber, wie sie die für den folgenden Tag erwartete Abreise Roman P.s verhindern oder zumindest überwachen könnten.

33
Zugriff

UM ACHT UHR stand Jensen am folgenden Morgen vor dem Betriebshof von Peters. Walter Peters, der Vater des Verstorbenen, verwehrte ihm wütend den Zugang. „Keinen Schritt weiter!“, befahl er. „Ich will dich auf meinem Hof nicht sehen. Weißt du überhaupt, was du anrichtest? Meine Frau hat die halbe Nacht geheult. Lass uns endlich in Ruhe!“

Damit hatte Jensen nicht gerechnet. Ihm war deshalb nicht nach Besänftigung zumute. „Herr Peters, wir haben inzwischen Grund zu der Annahme, dass da jemand nachgeholfen hat. Und dieser Jemand verschwindet heute im Ausland, wenn ich zu viel Zeit verliere. Ich brauche die Kleidung Ihres Sohnes von dem fraglichen Tag.“

Heike Peters kam in einem knielangen leichten Mantel mit Handtasche und Kopftuch. „Lass mal gut sein, Walter“, sagte sie zu ihrem Mann. Sie war ruhig, schien sich entschieden zu haben. Die Einwände ihres Mannes zählten nicht mehr. „Ich wollte die Sachen schon vor Wochen abholen. Ich bin bald zurück.“

„Das hätten Sie ja schon viel früher abholen müssen“, sagte die Angestellte in der Wäschereifiliale am Marktplatz in Meldorf, als sie den Einlieferungsbeleg sah. „DA muss ich mal sehen, ob wir DAS noch hier haben.“ Sie wirkte mürrisch, hatte entweder heute an der Frühe des Morgens oder ständig an ihrer Arbeit kein Vergnügen. Sie ließ das Karussell mit der angehängten, abzuholenden Kleidung kreisen, mehrmals, erfolglos, und verschwand dann in den hinteren Räumen. Schließlich erschien sie mit einem in Papier eingeschlagenen Wäschepaket. „Da haben Sie aber noch einmal Glück gehabt“, sagte sie mit einem gnädigen Tonfall. „Sonst hätten die in Hamburg in der Reinigung danach suchen müssen. Kommen Sie das nächste Mal einfach früher."

Heike Peters öffnete das Paket. Eine Jeans, marineblau. Eine dazu passende Jacke. Golden schimmernde Knöpfe, groß wie ein 20-Cent-Stück, mit mattierten Buchstaben P und L auf der polierten Oberfläche. In der linken Brusttasche der Jacke fehlte ein kleines Stück Stoff mit dem an dieser Stelle vorhanden gewesenen Knopf.

Noch von unterwegs rief er Stoldt an: „Ich habe die Jacke. Die Knöpfe genau wie beschrieben. Einer fehlt."

„Ich informiere Richter Horrmann. Jetzt muss er", sagte Polizeioberrat Stoldt entschlossen. „Sprechen Sie mit Daubner. Sie ist in Oldenwörden. Und bringen Sie die Jacke mit."

Jensen rief Kommissarin Daubner an, ohne auf die Anwesenheit von Heike Peters Rücksicht zu nehmen.

„Positiv, Frau Kollegin! Wo sind Sie?"

„Das muss Elmshorn sein", sagte sie. „Er hat sich früh auf den Weg gemacht. Ich sitze im Zug nach Hamburg und beobachte ihn."

Es würde mal wieder knapp werden! Er brachte Heike Peters nach Hause, bat darum, die Kleidung als Beweismittel mitnehmen zu dürfen und bedankte sich für die wichtige Hilfe. Dann fuhr er, ohne sich um deren wartenden Mann zu kümmern, davon. Die Zeit drängte.

Jensen wartete in der Polizeizentralstation in Oldenhusen, bis sein Chef, Polizeioberrat Stoldt, mit den Unterlagen zum Fall Peters in einer Aktentasche aus Heide eintraf. Sie informierten den für den Fall zuständigen Staatsanwalt und fuhren zum Landgericht nach Itzehoe. „Richter Horrmann ist in einer Verhandlung", sagte die Sekretärin in der Geschäftsstelle der Kammer. „Die ist bis zwölf Uhr angesetzt. Da können Sie jetzt nicht einfach so rein!"

Es half nichts, sie mussten warten. Sie mussten Kommissarin Daubner informieren. Jensen wählte ihre Handynummer: „Wir sind im Landgericht", sagte er, als sie sich meldete. „Wird noch etwas dauern. Wo sind Sie jetzt?"
Er hörte viele Menschen, Motoren und Signalhörner im Hintergrund. „Auf den Landungsbrücken. Haben Sie das gehört?" Sie schien guter Laune zu sein.
„Wieso das? Haben Sie ihn noch unter Kontrolle?", fragte er besorgt.
„Er fuhr vom Hauptbahnhof direkt hierher. Jetzt sitzt er mit einer Flasche Bier in der Sonne, als wolle er von Hamburg Abschied nehmen. Alles unter Kontrolle. Wegen der Menschenansammlung habe ich mir eine ganze Streifenwagenbesatzung ausgeliehen. Schon erstaunlich, was so ein Ausweis wert ist. Aber ich muss Schluss machen. Er geht zurück!" Jensen glaubte, sie kichern gehört zu haben und zweifelte einen Moment an ihrer Ernsthaftigkeit.
Es dauerte lange, bis Richter Horrmann ihnen Gelegenheit gab, ihn zu überzeugen. Inzwischen war früher Nachmittag. „Beschlossen und verkündet:", sprach er in das am Computer angeschlossene Mikrofon. „Haftbefehl erlassen, Begründung dringender Tatverdacht und akute Fluchtgefahr."
Jensen rief Daubner an. Es dauerte lange, bis sie sich meldete. Er hatte schon befürchtet, auf ihrer Mailbox zu landen. „Wir kriegen den Haftbefehl. Muss nur noch geschrieben werden. Wo sind Sie?"
„Hauptbahnhof Berlin, Gleis 6, EC 41 nach Warschau. Abfahrt in fünf Minuten", informierte sie ihn über ihre Lage. „Ich musste für das Gespräch aus dem Wagen rausgehen. Mach schnell!"
Jensen fluchte: „Kriegen Sie ihn da noch raus?"
„Schwerlich", sagte Kommissarin Daubner. „Wie wäre es mit Frankfurt?"

Frankfurt/Oder. Dort würde sie ohnehin den Zug verlassen müssen. Für eine Fahrt ins Ausland müsste sie eine Sondererlaubnis haben. „Wird so gemacht“, gab er knapp zur Antwort und rief in der Polizeidirektion an: „Ich brauche die Nummer der Bundespolizei in Frankfurt/Oder. Es ist dringend!“

Bis Frankfurt tat sich nichts im Zug. Hanna Daubner saß auf der anderen Seite des Mittelganges, auf der rechten Seite in Fahrtrichtung gesehen, in der übernächsten Sitzreihe und hatte gute Sicht auf Roman. Sie hatte eine Zeitung aufgeschlagen und trug Kopfhörer, als höre sie über ihr Smartphone Musik.

Zunächst schien Roman P. zu schlafen. Er lehnte mit geschlossenen Augen in den Polstern seines Sitzes. Sein Gesicht schien ihr entspannt, fast heiter, als führe er ein unbeschwertes Leben. Nach einer Stunde wurde er lebhafter, sah aufmerksam hinaus, achtete wieder auf den Fortgang der Fahrt.

Als der Zug schließlich in Frankfurt hielt, stieg ihr Puls in die Höhe. Hier würde sie aussteigen müssen. Alleine oder mit ihm. Sie blickte hinaus auf den vor ihr liegenden Bahnsteig. War es Jensen gelungen, Unterstützung für sie zu organisieren?

Dann sah sie zwei Beamte der Bundespolizei. Sie liefen, in ihren dunklen Uniformen gut zu erkennen, zwischen den ankommenden und abreisenden Menschen auf dem Bahnsteig an dem Zug entlang und blickten suchend in die Fenster. Als sie ihren Wagen erreichten, stand Kommissarin Daubner auf.

Sie aktivierte die Notbremse, obwohl der Zug stand. Das Signal würde bei dem Fahrzeugführer auf seinem Fahrstand angezeigt und von ihm, da sich das Fahrzeug nicht in Fahrt befand, neutralisiert. Aber er wüsste, dass er den IC nicht in Fahrt setzen dürfe, bis die Ursache geklärt wäre.

Selbst wenn Roman flüchten könnte, mit dem Zug würde er nicht in Richtung Polen entkommen. Im Abteil entstand ein aufgeregtes Stimmengewirr.
Mit ihrer rechten Hand zog sie ihre Pistole aus dem Schulterhalfter unter ihrer weiten Windjacke und mit links hielt sie ihren Ausweis in die Höhe. „Polizei!“, schrie sie mit kräftiger Stimme. „Alle bleiben auf ihren Sitzen! Sitzen bleiben! Ruhe!“
Die Überraschung nutzend stand sie nach den wenigen Schritten vor Roman P., ihre Waffe im Anschlag: „Roman Prziwatzki. Ich verhafte Sie wegen des Verdachtes des Mordes an Jan Uwe Peters und wegen akuter Fluchtgefahr. Machen Sie keine Umstände. Ein Fluchtversuch wäre zwecklos.“ Sie begann, ihn über seine Rechte aufzuklären, das Recht auf Aussageverweigerung, auf rechtliche Vertretung.
Roman starrte sie fassungslos an. Die Überraschung lähmte ihn, bis zwei Polizisten in schwarzer Uniform hinter der Frau auftauchten und er spürte, dass ein Fluchtversuch tatsächlich aussichtslos wäre.
Ihm wurde schmerzlich bewusst, wie unerwartet und ohne erkennbaren Grund Träume zerplatzen können. Als er ein kleines, bescheidenes Leben führte, als er sich damit begnügte, keine Ansprüche an das Leben zu stellen, blieben ihm Enttäuschungen erspart. Jetzt, als er von einem neuen Leben träumte, zerplatzte seine Hoffnung auf ein ruhiges und sorgenfreies Leben wie eine Seifenblase im Wind und er ahnte noch nicht einmal, was seinen Plan zu Fall gebracht hatte. Magda? SIE, die sich vor seiner Rückkehr und seinem Wissen fürchten würden?
„Deine Hände!“, herrschte Kommissarin Daubner ihn an und als er in ungewohntem Gehorsam der Frau seine Hände vorzeigte, schlossen sich Handschellen um seine Arme. Sie ergriffen ihn, suchten sich mit Hilfe der anderen Rei-

senden seinen Koffer aus dem Gepäcknetz und führten ihn hinaus. ‚Warschau' stand in mehreren Sprachen auf dem Richtungshinweis in dem Display über dem Bahnsteig. Fast hätte er die alte, die neue Heimat sehen können! Er begann hysterisch zu lachen, Tränen rannen ihm über die Wangen.

34
Ein kleiner goldener Knopf

SIE FANDEN WIE erwartet viele Indizien in seinem Gepäck, aber keinen eindeutigen Beweis für sein Handeln.
Sie fanden den goldenen Knopf. In dem Auge auf seiner Rückseite waren keine Faden- oder Stoffreste mehr vorhanden. Er hatte ihn gründlich gereinigt und poliert. Er blieb dabei, die Buchstaben hätten etwas mit Polen zu tun. Das Gericht aber würde mit Gutachten nachweisen müssen, dass es sich um einen Knopf von der Jacke des Toten handele. Zweifel blieben und seine Täterschaft würde sich daraus nicht zwingend ergeben.
Sie fanden den gefälschten Pass und das angebliche Schreiben des Amtsgerichtes Meldorf. Selbst nach wiederholter Befragung blieb er bei seiner Aussage, die Dokumente habe er in Hamburg auf der Reeperbahn gekauft. Man habe sich dort an einem Kiosk getroffen, er habe da absolut keine Ahnung, wo der Fälscher zu finden sei.
Das Geld? Ja, das könne und wolle er nicht abstreiten. Magda habe davon erzählt, habe die benötigten Informationen aus den Akten im Baubüro abgeschrieben. Sie habe von ihm verlangt, das Geld zu holen. Jetzt sei es verbraucht. Der Mann in der Bank habe einen Teil für sich genommen, die Kosten für die Dokumente, ein paar Schulden bezahlt, seine abgebrochene Reise nach Polen. Alles weg. Sie fanden keine Belege über den Verbleib zumindest von Teilbeträgen, auch nicht, als sie seine Wohnung durchsuchten und Magda, seine Frau, befragten.
Sie versuchten, sein Handy auszuwerten und er gab ihnen freiwillig die dazu benötigte PIN. Es war keines der modernen Smartphones mit aufwändig verschlüsselter Absicherung. Sie fanden keine WhatsApp und kein Skype. Es

war eines der alten, anspruchslosen Geräte. Alle Speicher waren leer.
Es würde eine aufwändige Beweisführung und es würde ein anfechtbares Urteil aufgrund von Indizien geben. Es dauerte Monate, bis das Landgericht einen Verhandlungstermin nannte.
Mit dem Heranrücken des ersten Verhandlungstages verlor Roman P. zunehmend seine Selbstsicherheit. Früher, zu der Zeit, als er sich seinem Land versprochen hatte, tauschten die Länder ihre enttarnten Agenten aus. Man blieb in den polizeilichen Vernehmungen bei einer unverfänglichen Aussage und wartete. Irgendwann, zumeist sogar ohne Verhandlung vor einem Gericht, wurde ein Austausch von der einen oder der anderen Seite angeboten und vereinbart. Roman verlor mit der Zeit die Hoffnung, dass sein Land ihn zurückholen werde.
Was er nicht wissen konnte: Es gab solche Überlegungen. Er sei doch einer der ihren. Aber leider nicht mehr brauchbar, durch die Entwicklung der Verhältnisse verzichtbar geworden. Der Auftrag sei doch über ihre Kanäle gelaufen. Aber es sei keine politisch motivierte Tat im Auftrag des Landes, sondern aus Gefälligkeit vermittelt ein krimineller Akt. Und wenn er beginne, zu reden? Dann müsse man ihn eben entfernen lassen. Sie warteten ab und ließen ihn beobachten.
Nach den beiden ersten Verhandlungswochen wurde deutlich, dass das Gericht der Anklage folgen würde. Der Staatsanwalt forderte die Höchststrafe, da der Angeklagte keine Einsicht, Reue oder zumindest eine Bereitschaft zur Mitarbeit und Aufklärung des Sachverhaltes zeige. Gegen den Rat seines Verteidigers teilte Roman P. dem Gericht mit, aussagen zu wollen. Er wolle dabei um eine milde Strafe bitten. Das Gericht setzte einen weiteren Tag zur Beweisaufnahme an.

„Sie haben dem Gericht mitgeteilt, sich zu der Anklage äußern zu wollen“, sagte der Staatsanwalt. „Bekennen Sie sich schuldig?“

„Ja.“

Ein Raunen ging durch den Saal. Die Stühle hatten nicht ausgereicht, die Zuhörer, die meisten aus Oldenwöhrden angereist, und die Vertreter der Presse unterzubringen. Die Ankündigung der Aussagebereitschaft des Angeklagten hatte für großes Aufsehen gesorgt. „Ruhe!“, gebot der Staatsanwalt, ohne den Richter um diese Anordnung zu ersuchen. „Sagen Sie dem Gericht, wie es dazu kam.“

„Ich habe sie beobachtet. Ich hatte schon lange den Verdacht. Als meine Frau Magda am Sonnabend zur Arbeit ging, bin ich ihr gefolgt.“

„Welche Arbeit am Sonnabend. Erklären Sie das dem Gericht.“

„Magda macht das Baubüro und die anderen Büros auf der Baustelle sauber. Es hatte an dem Tag geregnet und Magda wollte das Büro für Montag sauber haben.“

„Sie hatten schon lange einen Verdacht, sagten Sie. Wessen haben Sie Ihre Frau verdächtigt?“

„Sie hatte ein Verhältnis mit … ihm, … mit dem Deichbaumeister.“

„Mit Jan Uwe Peters?“

„Ja. Sag ich doch. Und dann habe ich sie beobachtet. Er kam und griff ihr in die Wäsche. Sie konnte ihn nicht abwehren, hat es geschehen lassen. Da wurde ich sehr wütend.“

„Und wie kam es zu dem Sturz in die Baugrube?“

„Die Baugrube war rundum mit einem hölzernen Geländer abgesperrt. Am höchsten Punkt habe ich mich hinter das Geländer auf den Rand der Grube gelegt und beide Beine um einen Pfosten geschlungen. In der Dunkelheit konnte Peters nicht erkennen, was das war, das dort lag.

Aber er war ja so gründlich, er musste das überprüfen, dort durfte nichts liegen. Als er sich über das Geländer beugte, um nach dem Bündel zu greifen, riss ich ihn kopfüber in die Tiefe. Fast hätte er mich mit hinuntergezogen, aber zum Glück waren unsere Hände nass vom Regen, er konnte sich an mir nicht halten!“

„Was ist mit dem Knopf?“

„Da hatte ich ihn gepackt. An der Brust seiner Jacke. Als ich aufstand, hatte ich den Knopf noch in der Hand. Ein schöner Knopf. Den konnte ich doch nicht wegwerfen.“

35
Nachschau

SIE SASSEN IN der Gaststätte auf dem alten Deich. Die neue Eigentümerin hatte sich ihnen vorgestellt und um Nachsicht gebeten. Das Biotop sei zwar so gut wie fertiggestellt, aber die Vögel müssten sich erst noch an den neuen Rastplatz gewöhnen. Im späten Herbst, da würden sie kommen. Aber sie waren nicht wegen der Enten und Reiher gekommen. Und auch nicht wegen der landwirtschaftlichen Erzeugnisse, die in einem als ‚Hofladen' überschriebenen gesonderten Raum angeboten wurden.
Der Herbst hatte sich angekündigt. Mit Erntewagen auf den Feldern, reifen Früchten und kürzer werdenden Tagen. Und mit der Werbung für die nächsten Kohltage im Kreis. In der vergangenen Zeit war Vieles gerichtet worden. Der Deich war lange geschlossen und mit einer dichten Decke kurzen grünen Grases bedeckt. Die Bauwerke, das Schöpfwerk und die Schleuse für die Sportboote, erfüllten ihre Aufgaben. Sie hatten noch nicht einmal einen bestimmten Jahrestag zu feiern.
Kommissarin Hanna Daubner hatte bei ihm in Heide angerufen und gesagt, jetzt, da der Fall endgültig abgeschlossen sei, wolle sie ein freies Wochenende nutzen und noch einmal nach Oldenhusen kommen. Hauptkommissar Hans Jensen empfand mehr als nur eine kollegiale Pflicht, sich um die Besucherin zu kümmern.
Er berichtete im vergangenen Jahr seiner Freundin Bärbel ausführlich über den mutigen und konsequenten Einsatz der Kollegin bei der Festnahme Romans, schilderte sie als Person aber als unscheinbar und farblos. Bärbel erinnerte sich schnell wieder daran, dass seine gezeigte Begeisterung für die Kommissarin nach ihrer Meinung nicht zu seiner Beschreibung der Frau gepasst hatte. Hanna Daubner

war abgereist, in ihren beruflichen Alltag in Itzehoe zurückgekehrt, und Bärbel überwand schnell ihre aufkeimenden Zweifel.
Als Hans Jensen ihr von der Ankündigung des Besuches berichtete, konnte Bärbel sich einer spitzen Bemerkung nicht enthalten. Wieso er plötzlich so viel Zeit für die Kollegin aus der Steinburger Polizeidirektion habe. Ob sie künftig auch den Wunsch nach einem gemeinsamen Wochenende in seinem Büro anmelden müsse. Hans Jensen hatte sie nur fragend angesehen, war klugerweise nicht weiter darauf eingegangen. Aber Bärbel war neugierig auf die Frau, bot Hans ihre Begleitung zu dem Treffen an und ließ sich ihr Misstrauen nicht anmerken. Sie legte ihr Make-up mit noch etwas mehr Mühe und Sorgfalt an als üblich. Zu einer engen, goldfarbenen Hüfthose trug sie eine weiße Leinenbluse, deren obere Knöpfe sie mit einem kurzen Hinweis auf die nachmittägliche Temperatur öffnete. Ihre blonden Haare hatte sie hochgesteckt, sodass ihr wohlgeformter Nacken unaufdringlich zur Geltung kam.
Jetzt saßen sie zu Dritt im milden Schatten des für den Herbst noch geöffneten Wintergartens und genossen Erdbeertorte ‚Frisch vom Feld'.
Das überraschendste an Hanna Daubner war ihr zufriedenes Lächeln. Sie war gekleidet, wie Hans Jensen es erwartet hatte: unauffällig in herbstlichen Farben. Ihr Erfolg bei der Festnahme Roman P.'s vor gut einem Jahr schien sich für sie auszuzahlen. Sie berichtete, man habe ihr eine Beförderung zur Oberkommissarin im Frühjahr in Aussicht gestellt. Nach dem Abschluss des Gerichtsverfahrens sei sie neugierig geworden. Sie wolle sich ansehen, ob auch im Ort alles seine Ordnung gefunden habe.
Bärbel ging vorsichtshalber in die Offensive, um allen möglicherweise vorhandenen unpassenden Erwartungen die Grundlage zu nehmen. Im nächsten Jahr seien sie zehn

Jahre zusammen, Hans und sie, und vielleicht, vielleicht, vielleicht wäre das ein Grund für eine große Feier in Büsum. Sie hätten schon darüber gesprochen.
Hans wusste, dass er im Wort war, und es fiel ihm nicht schwer: „Wir werden heiraten", verkündete er. „Und du wirst zu unserer Feier eingeladen."
Es dauerte nicht lange, bis die Gespräche sich um den Tod des Deichbaumeisters im vergangenen Jahr und das anschließende Gerichtsverfahren drehten.
Das Urteil des Landgerichtes Itzehoe war inzwischen rechtskräftig geworden: fünfzehn Jahre Haft wegen Todschlags im Affekt. Obwohl die Verteidigung zunächst Revision angekündigt hatte, verzichtete Roman P. auf das ihm zustehende Rechtsmittel. Jensen nannte ihn in Gedanken immer noch so, Roman P., und mochte sich nicht mehr an die richtige Aussprache des Namens gewöhnen. Es war in dem Urteil keine besondere Schwere der Tat festgestellt worden. Bei guter Führung würde er nach zehn Jahren auf Bewährung entlassen. Der Mauersee in Masuren würde so lange auf ihn warten können.
„Was ist mit dem internationalen Aspekt?", hatte Jensen gefragt, als die Staatsanwaltschaft begann, ihr Schlussplädoyer zu formulieren. „Die Bestechung ist doch nachweisbar und ursächlich für die Tat. Derartigen Bemühungen muss doch ein Riegel vorgeschoben werden."
Polizeioberrat Stoldt hatte ihn in sein Büro bestellt, zu einem Gespräch unter vier Augen. „Gratuliere!", hatte er gesagt. „Von Ihrer Sorte hätte ich gerne mehr Männer."
Das hörte sich gut an und sollte ihn wohl besänftigen. „Aber da ist doch noch viel mehr dran", machte Jensen seinem Unwillen Luft.
Herbert Stoldt ließ ihn nicht lange reden. Er hob bedauernd die Schultern: „Ich weiß ja, ich weiß! Aber Sie sollten die Gesamtlage im Auge behalten, Jensen. Wir sind Teil

dieser Gesellschaft und stehen nicht über ihr. Ich mag den Ausdruck ‚Prozessökonomie' auch nicht. Aber dem Strafanspruch des Staates wird mit geringem Aufwand entsprochen. Er hat ausgesagt, seine Frau hat die Aussagen bestätigt. Das reicht, um ihn ein paar Jahre aus dem Verkehr zu ziehen. Damit kann er verurteilt werden. Den Auftrag eines Geheimdienstes können wir nicht nachweisen und ihm nicht erschwerend anlasten. Wir hätten nur ein paar schwache Indizien, ein langes Verfahren und eine schwierige Diskussion in der Öffentlichkeit. Und wozu? Um ihm letztlich ein paar Jahre mehr zukommen zu lassen? Um einen Verband und seine verantwortlichen Leute bloßzustellen? Ich bin froh, dass Gras über die Sache wächst. Und Sie sollten auch dankbar sein. Bis ins Ministerium kennt man jetzt Ihren Namen."

Hans Jensen hatte nur mit dem Kopf genickt, das Büro verlassen und eine Woche Urlaub beantragt.

„Und was macht seine Frau? Magda?", fragte Hanna Daubner.

Hannes wechselte einen schnellen Blick mit Bärbel. Bärbel interessierte sich nicht für die moralischen Feinheiten seines Berufes. „Lass die Frau doch in Ruhe!", hatte sie ihn zurechtgewiesen, als er seine Entrüstung zu Hause diskutieren wollte. „Sie ist doch zu bedauern. Das wäre doch beinahe für sie schief gegangen. Und sie hat dir den Beweis geliefert, der ihren Mann letztlich ins Gefängnis gebracht hat. Du hast deinen Erfolg. Nun muss auch mal langsam gut sein."

„Du kannst dir ja denken", sagte Hans, an Hanna gewandt, „dass wir sie im Auge behalten. Sie fährt alle paar Wochen nach Polen. Wenn ihr Mann wieder frei ist, werde sie mit ihm dahin umziehen, soll sie im Supermarkt gesagt haben. Sie hat sich einen Hund angeschafft, einen Pudel. Mit dem geht sie jetzt durch das Dorf spazieren."

Bärbel wurde das Gespräch zu dienstlich. Sie winkte die Wirtin an den Tisch: „Bringen Sie uns einen ‚Henkel trocken'. Wir haben zwar nichts Bestimmtes zu feiern, aber das feiern wir jetzt!"

Ende

Über den Autor:

Siegfried Bersch, 1940 in St. Goar am Mittelrhein geboren. In der örtlichen Kommunalverwaltung lernte er die Grundlagen seines Berufes, der ihn als jungen Mann an die Ostsee und wenige Jahre später an die Westküste des Landes, nach Dithmarschen, führte. Hier arbeitete er fast 40 Jahre lang, zuletzt 12 Jahre als hauptamtlicher Bürgermeister der Stadt Marne.
Seit einigen Jahren wohnt Siegfried Bersch mit seiner Familie im Süden Hamburgs. Mit der Freizeit des Ruhestandes begann er im Jahr 2005 zu schreiben. Unter dem zunächst gewählten Pseudonym Sig Meuther hat der Autor zahlreiche Romane als E-Books sowie Kurzgeschichten veröffentlicht.

Weitere spannende Krimis aus dem Boyens Buchverlag

ISBN 978-3-8042-1393-7

ISBN 978-3-8042-1378-4

ISBN 978-3-8042-1402-6

ISBN 978-3-8042-1432-3